初心

国家电网扶贫故事

国家电网有限公司职工文学重点选题作品

中国电力作家协会
国家电网有限公司工会
编

中国电力出版社
CHINA ELECTRIC POWER PRESS

图书在版编目（CIP）数据

初心：国家电网扶贫故事 / 国家电网有限公司工会，中国电力作家协会编 . — 北京：中国电力出版社，2020.9

ISBN 978-7-5198-5013-5

Ⅰ . ①初… Ⅱ . ①国… ②中… Ⅲ . ①故事—作品集—中国—当代 Ⅳ . ① I247.81

中国版本图书馆 CIP 数据核字（2020）第 183896 号

出版发行：中国电力出版社
地　　址：北京市东城区北京站西街 19 号（邮政编码 100005）
网　　址：http://www.cepp.sgcc.com.cn
责任编辑：胡堂亮（010-63412604）
责任校对：黄　蓓　朱丽芳
装帧设计：张俊霞　方　芳
责任印制：钱兴根

印　刷：北京博海升彩色印刷有限公司
版　次：2020 年 9 月第一版
印　次：2020 年 9 月北京第一次印刷
开　本：710 毫米 ×980 毫米　16 开本
印　张：13.25
字　数：201 千字
定　价：68.00 元

前　言

《初心》是一部报告文学集，由 23 个电力扶贫故事组成。她是国家电网有限公司助力打赢脱贫攻坚战的缩影，是对奋战在脱贫攻坚一线工作者的致敬。

不忘初心，方得始终。

消除贫困、改善民生、逐步实现共同富裕，是社会主义的本质要求，也是中国共产党矢志不渝的初心和庄严郑重的承诺。历经沧桑，这份初心从未改变，这份承诺正在成为现实。

党的十八大以来，以习近平同志为核心的党中央坚持以人民为中心的发展思想，明确了到 2020 年我国现行标准下农村贫困人口全部脱贫、贫困县全部摘帽、解决区域性整体贫困的目标任务。

国家电网有限公司作为关系国计民生的国有重点骨干企业，坚持“人民电业为人民”的企业宗旨，始终把脱贫攻坚作为重大政治任务，举全公司之力，为高质量打赢脱贫攻坚战贡献国网力量。

2020 年，是决胜全面小康、决战脱贫攻坚之年。为忠实记录、生动讲述国家电网人致力脱贫攻坚的故事，国家电网有限公司工会、中国电力作家协会组织职工作家，从三江源的青海玛多县到东海之滨的苏北盐城地区，从西北边陲阿勒泰山脉深处的小村庄到皖南大别山中的山村，从东北黑土地上的一个个村屯到藏东红颜色的山谷中的村寨，深入采访、生动书写了一个个感人至深的电力扶贫故事。

《初心》里的 23 个故事情真意切。故事发生地涉及国家电网有限公司供区的 21 个省（自治区、直辖市），其中涵盖国家电网有限公司供区的“三区三州”深度贫困地区。故事主人公是国家电网有限公司各级供电企业派驻到定点帮扶村的驻村第一书记和驻村扶贫干部。故事发生的村庄具有一定的代表性，它们是当前中国农村尤其是贫困乡村摆脱贫困、迈向小康的缩影。电力扶贫干部在经年累月的驻村帮扶中，与贫困村的村干部、村民和贫困户结下了深厚情谊。他们不忘初心，牢记使命，勇于担当，将国家脱贫攻坚的好政策精准地落实到了帮扶村的每个贫困户，将党的关怀送到了贫困群众的心坎上。

让我们翻开《初心》，去体味这一个个动人心弦、感人肺腑的故事，记住这样一群初心不忘、使命必达的国家电网人。

目　录

初　心

龙志明　周玉娴

干海子村全貌　罗林／摄

就要进村了，仁青扎西突然停下脚步，把胸前的党徽正了正，神色庄重："佩戴上党徽，就是在时刻提醒自己，不忘初心，牢记使命。"党徽的边缘已经磨得有些旧，但阳光照在上面，仍发出耀眼的光芒。

"干海子村的人见生人比较怯，只有戴着党徽的人进去，他们才会理睬。"也许是觉察到我们疑问的眼神，仁青扎西解释道。走不了几步，他又回头补充："下次你们再来，帮我带十枚党徽，村里入党积极分子想先准备下。"

一

天高且蓝，白云近在头顶，山牵着山，千沟万壑。

远处，崭新的农家院掩在半山腰的树林里，墙壁雪白，屋顶红艳。

我们一进村，一名老年男子就从山上奔了下来。他叫唐福贵，是村里的党员，刚从山上放牛回来。奔到我们面前，他却连招呼也不打，径自小跑到自来水管旁，在水槽里仔细地洗手，然后擦干净手，再从口袋里掏出手帕，将胸前党徽上的泥巴擦了擦。见我们伸出手，他才把手犹豫地、缓缓地伸了出来。他的手凉沁沁的，是山泉的温度，但双手的关节却是僵硬的。

他在这里住了43年。

说起过去，他声音颤抖，有些结巴。他原来并不结巴，1977年得了麻风病，被送进大山里——那时他还只是一名15岁的初中生。他记得母亲送他来时痛苦的眼神，记得父亲用一双粗糙的大手无助地抱着头。从云南丽江市永林镇来到四川大凉山深处的小山村，他十分恐惧。

"原来，这里，不叫村，名字是、是、是'626麻风病康复站'。"对着生人，唐福贵断断续续说起了很久以前的故事。"626"是个代号，是麻风病康复站成立的时间——1962年6月。病人来自四川和云南，最多的时候，这里有200号人。不少重病患者就在这里离开人世。

15岁的唐福贵来了以后，几乎不说话，他害怕。虽然，给他治病的医生对他很好，但他还是害怕。幸运的是，他的病被治好了，但他还是不愿意与人交流。慢慢地，他结巴了。

仁青扎西到干海子村之前，就知道这是一个特殊的村子。

仁青扎西查阅资料得知：麻风病是一种古老病症，一般早期无法查出病因，病发后传染性极强。得了麻风病的人大多面容变形、手脚关节变形甚至残废。人们"谈麻色变"，麻风病人家属都会受到歧视，中华人民共和国成立前，麻风病人被活埋、火烧、水葬的情况很普遍。很多麻风病人隐姓埋名远走他乡。这里是大凉山深处，本就偏僻，交通不便。中华人民共和国成立后，政府就设立了麻风病康复站。慢慢地，这里成为与世隔绝的"孤岛"。村头一座小桥把康复站和外界分隔开，里面的人不愿出去，外面的人不愿进来。

"一条夹皮沟，全是乱石头。十里不见人，个个麻风病。"唐福贵刚进康复站的时候，天天以泪洗面，后来就麻木了，安心配合治疗。病好后，他的手残疾了。他不愿意回老家拖累父母，就留了下来。后来，他和另外一名同样病愈的女子结了婚，有了健康的孩子，还入了党。这几年，政府帮他建了新房子。靠种植、养牛，唐福贵一家人过上了好日子。“还是共产党好。”这是唐福贵和我们念叨得最多的一句话。

2018 年，唐福贵带着一家人踏上了回云南老家的路。当年，父亲给他取名“福贵”，希望他一生平安幸福。他觉得已经实现了父亲的愿望，还给父母买了几大包东西。可是，等回到村子，他才发现家没了。父母相继去世，兄弟姐妹都到了外地安家。村里老人认出了他，他家亲戚站得远远的，说他的母亲在他被送走后一直哭，去世的时候眼睛几乎哭瞎了，还念叨着：“福贵啊，福贵啊，你快回来吧。”

二

卑微到尘埃，自爱、自尊和自信就成了奢侈品。仁青扎西从干海子村人躲躲闪闪的眼神里看到了他们对山外世界的神往，看到了他们对美好生活的憧憬。

2015 年 9 月，木里县供电公司员工仁青扎西以第一书记的身份进村，四川凉山彝族自治州木里藏族自治县博科乡干海子村给他的第一印象非常深刻。

仁青扎西在村里转悠了一大圈，没遇到一个人，没看到一缕炊烟。全村 35 户人家，全部住在平均海拔 2200 多米的山上。村里 13 户贫困户的旧土墙房，半数已摇摇欲坠。村里的标志性建筑是一座瓦房，那是曾经的麻风病治疗点和医生住的地方。他挨家挨户敲了半天门，才有三个村民睡眼惺忪地走出来。后来，遇到几个村民，一

仁青扎西（右）走访干海子村的贫困户杨祝玛　　龙志明 / 摄

见他不是本村人，立刻远远地低着头躲开他。

干海子村是 2007 年国家宣布消除麻风病后不久成立的，村里仅有 2 名党员，没有村党支部和村委会，党员组织生活只能到邻村参加。全村 118 人，分属藏、彝、汉、苗、蒙 5 个民族。村里没有学校，外面也没有学校愿意招收干海子村的孩子。全村 20 至 45 岁年龄段的 50 多名村民几乎都没进过学校。这个村，无电、无公路、无自来水。

仁青扎西第一次进村，村里有位叫格登曲品的藏族老人愿意和他说话。老人 80 多岁，是五保户，脸和四肢因为疾病落下残疾，双手手指脱落。仁青扎西犹豫了很久，才主动将手伸过去和老人的手握在了一起。他第一次在藏族老阿妈杨祝玛家吃饭。从没有外人在家里吃饭，老阿妈很激动，找出了存了几年的腊肉。仁青扎西含着泪草草吃了两口，放下 200 元钱就离开了。他第一次在村民拍嘎家过夜。那天晚上，他没敢上床睡觉，和拍嘎坐在凳子上聊了一夜。

说起那些第一次，仁青扎西刚毅的脸上满是羞愧，说当时想打退堂鼓。妻子却平静地说："我们都不是怕麻风病的人，只要不影响孩子和老人就行。"咨询医生，医生说："现在的医学手段是能治好麻风病的。"唐福贵看出了他的犹豫，说："仁青书记，你在这里住了两周，算是待得比较长的干部了。如果你离开，怕是不会再有扶贫干部来带领我们脱贫致富了。"看着唐福贵热切的眼睛，仁青扎西当即决定留下来。

第一年，仁青扎西没回过家。他和妻子都瞒着孩子，怕孩子知道了会自卑，怕孩子的同学知道了会歧视她。

三

"精准帮扶从哪里抓？就看村民最需要啥。"

要干的事情太多太多，仁青扎西按着轻重缓急步步推进。没有党支部，就把党支部建在乡上。支部会上定了的事就干，不拖泥带水。

全村 35 户村民的情况一一登记造册。除了牛、猪、鸡、羊这些硬件、"大件"外，谁从哪里来、有啥专长、去过哪些地方、家里都缺啥、孩子想去哪里读书，他都一一记下来。"想娶老婆""想到北京去看看"……仁青扎西都认真记了下来。

走访困难群众　　龙志明 / 摄

修公路、架电线、建水渠、搞产业……想要做的事情都是大事要事。干海子村的脱贫帮扶千头万绪。

梳理清楚，仁青扎西有了主意，揣着记录本直奔乡政府。他是第一书记，可干海子村没有党支部，他就建议和乡机关党支部联署办公。到了乡上，他给乡党委书记、乡长等同志详细汇报：干海子村希望先有电。村里用电靠的是原来康复站照明用的小水电，只有 2000 瓦。靠康复站近的村民只能“借光”，但灯光就像“红头绳”，一到傍晚整个村子暮气沉沉。没有电，打米磨面要跑很远。干海子村希望通公路，让干海子村的扶贫产品走出大山……党支部会一拍板，仁青扎西就开始奔忙，回到自己的单位——国家电网四川木里县供电公司，干海子村的电网建设项目优先落实。

要架电线，一开工，仁青扎西就成了甲乙双方“责任人”。他是施工单位的工程督察者，又是工程的后勤保障者。来自内蒙古的施工队不愿意在村民家吃饭，仁青扎西就为他们联系饭店送餐，风雨无阻。天寒地冻，变压器要从山脚运到山上，仁青扎西找来周边村民帮忙。肩抬、

钢钎撬，电杆一米一米地往上拉。2015 年冬天的雪还没有停，干海子村的通电线路就提前完工了。大电网的电接通的那一刻，干海子村孩子们的笑脸就在灯光下盛开了。

不能停，唐福贵他们在看着呢。仁青扎西找县委书记、县长，跑州、县扶贫局和交通局，张罗修公路。从干海子村到乡上是 20 公里，乡里到木里县 110 公里，从木里县到西昌市是 230 多公里。四年多时间，一千五百多天，仁青扎西开着自家的车在这两条路上来来回回跑了 7 万多公里。这条 360 公里的路，几乎全是山路，一遇雨雪就有塌方的危险。有一次，仁青扎西在回村路上遇到瓢泼大雨。塌方，一颗碗大的石头掉下来，把车顶砸个大坑，吓得他把车停在安全处不敢再往前开。就在 2020 年元旦那天，和他一起度过了艰难岁月的小车累“趴”下了，再也不愿动弹。

“每次，我走进州、县政府的部门，只要指指胸前的党徽说，我是干海子村的第一书记，来汇报扶贫工作。接待的同志总会面带微笑，马上帮我联系办理业务。党徽里满满装的是‘初心’，党徽就是我进城办事、走村串户开展工作最好的通行证。”仁青扎西自豪地说。

干海子村公路建设的 280 多万元资金和自来水设备到位后，项目施工各项保障工作又落在仁青扎西肩上：白天蹲在公路施工现场，像个监工；晚上忙自来水管安装，像个民工。2016 年 5 月，安全饮用水流进了干海子村 35 户村民家。2017 年 10 月，10 公里长的进村盘山公路竣工。

四

2019 年，这个大凉山深处的小村子弥漫着喜悦的气息。绯红的苹果、橙黄的橘子在山风中摇摆。

快过年了，老阿妈杨祝玛在自家崭新的院子里晒腊肉。一只鸟儿追逐着另一只鸟儿落在院子里，叽叽喳喳，呼朋唤友。

干海子村村民看到仁青扎西，就像看到自家人一样。2017 年 7 月，三名要求进步的脱贫致富能手正式加入中国共产党。不久，干海子村党支部成立。作为干海子村唯一的扶贫干部，仁青扎西成了真正的第一书记。而且，他又有了三个好帮手。

老阿妈杨祝玛是仁青扎西的帮扶对象。她家 5 口人，长期住在三间破旧的木板房里，墙壁东倒西歪，四面透风，屋顶到处裂缝，四季漏雨。仁青扎西先将她一家人安顿在原来的康复站瓦房里，然后为她家争取到乡党委支持，列为涉藏州县新居项目规划建设。2017 年，杨祝玛一家搬进了新居。

干海子村适合种植的作物不多。仁青扎西上成都、跑西昌，请农业专家会诊。

村民建议养蜂酿蜜，他就带领党员和贫困户们翻山越岭去“招蜂引蝶”，没想到自己被野山蜂蜇了两个包挂在额头上，村民笑了他很久。蜜蜂招来了，蜂蜜酿出来了，品质上乘，可拿到城里，一说是干海子村的蜂蜜，买主连价都不回就走了。送到超市，人家知道是干海子村产的，降了价还是无人问津。

专家建议种大蒜。几名党员带领贫困户走出大山学习大蒜种植技术，熬更守夜照料不停拔节的大蒜苗。种大蒜获得了意想不到的成功，亩产超过 800 斤，15 亩地产大蒜 1 万多斤。仁青扎西欢欢喜喜地和贫困户将鲜大蒜运到西昌和木里去，结果大蒜从每斤近 10 元降到了 2 元多。卖完一算账，不算仁青扎西自掏的种子钱，刨去成本，白忙活半年。

到手的银子化成水，贫困户开始怀疑：这样折腾下去还能不能脱贫？在村支部大会和村民大会上，仁青扎西坚定地对大家说：不要怀疑党和政府脱贫攻坚的决心，干海子村人一定能过上好日子。

仁青扎西带着党员行动起来，上成都、下丽江，四处考察。结合干海子村实际，他们提出发展牛羊养殖业。理由是本地草料丰富，村里本来就有养殖户，最主要的是牛羊肉价格一直处于上升通道。这个想法唐福贵首先响应。接着，所有的党员都主动去银行办了小额贷款。不到一年，干海子村漫山遍野都是牛和羊，白色的羊儿像一颗颗珍珠散落在干海子村。目前，干海子村家家户户都养了牛或羊。党员杨翁丁和翁丁分别养了 11 头牛，党员唐福贵养了 5 头牛。他们准备扩大再生产，一头成年牛可卖到 1 万元，卖掉一批后养更多的小牛，滚动发展。

仁青扎西说，扶贫路上不能落下任何一人。2019 年，干海子村 7

名党员和贫困户结对。贫困户扎西尔玛养了40多只羊，杨瓦提养了30多只羊，呷米子养了11头牛。

2020年元旦刚过，仁青扎西的妻子带着女儿来到干海子村，她们不是来看仁青扎西的，是来看望帮扶对象，“走亲戚”的。女儿和同龄的孩子们在村里漂亮的文化广场玩耍，麻风病的阴影早已在孩子心里消散。

仁青扎西帮扶的贫困户格登曲品、杨祝玛、拍嘎搬进了崭新的瓦房，村里所有贫困户和非贫困户也都住上了好房子。

仁青扎西提出干海子村以养殖牛羊为主，集中种植魔芋、核桃、花椒等品种。村里贫困户人均年收入从2015年的2000元达到现在的8700多元。曾经的麻风病村成为全县脱贫示范村。

2019年，干海子村有3个孩子考上了成都的中专学校。仁青扎西太高兴了：干海子村致富奔小康一定要有知识和技术，干海子村还要出大学生。

农历年刚过，新冠肺炎疫情出现，仁青扎西一直住在干海子村。他怕这场疫情给那些还有麻风病阴影的村民再一次带来恐惧。他把整个村的疫情防控工作组织得井井有条，全村村民甚至主动为抗击疫情捐款5450元钱。

拍嘎是村里的文艺爱好者，见我们要离开干海子村，便唱起歌来，听了半天也听不清楚唱的啥。仁青扎西说，他唱的是藏语歌《感谢党给我美好生活》，歌词大意是：回忆过去生活的艰辛，歌唱现在生活的美好，感谢党的政策好！

他面对大山手舞足蹈，悠扬的歌声在山谷回旋。

玛多的碧水蓝天

陶　锋　祁正吉

黄河源头　　祁正吉 / 摄

"滴答!"

一滴水从巴颜喀拉雪山融化掉落，汇入黄河源头的涓涓细流，一路向东，开始 5464 千米的跋涉。

藏语里，黄河叫"玛"，源头称"多"。玛多县是黄河源头第一县。

玛多县高得很，远得很，也艰苦得很。县城海拔 4500 米，是青海省海拔最高的县，每年的供暖期长达 11 个月，全年只有"冬季"和"大约在冬季"两个季节，也是青海极端日气温最低的地方。唐蕃古道和 214 国道横亘而过，县城距省城西宁 472 千米，离果洛州府 260 千米。玛多全县人口 1.5 万人，是青海省人口最少的县。

美丽的草原、成群的牛羊，还有名贵的冬虫夏草、诱人的黄金……20 世纪 80 年代以前，玛多县水草丰美，畜牧业发达，牧民人均收入曾连续三年居全国前列。然而，遥远的路程和艰苦的

环境也难以阻挡人们的发财梦，许多淘金人来到玛多，以命相搏，沙中寻金。“风里雨里的半个月整，半碗的清汤半碗的面，身上的泥土脸上的汗，一想起父母者肝肠断，沙娃们想家者泪不干。”一首“青海花儿”演唱的《沙娃泪》道出了淘金人的凄苦。

再好的绿水青山，再多的金山银山，也经不起人类的过度索取。恩格斯说：“我们不要过分陶醉于我们人类对自然界的胜利。对于每一次这样的胜利，自然界都会对我们进行报复。”过度放牧，生态恶化，玛多县70%的草地退化，4000多个湖泊锐减到1800多个。玛多，这个曾经的全国“首富县”，成为“拉羊皮不沾草”的穷地方。这里，甚至没有一棵树、一棵庄稼。2004年，全县人均收入不足1700元，全县财政收入仅90万元，列全国十大贫困县第六。

专家和媒体呼吁：玛多，生态告急。

一

2003年10月，扎西才让从玉树州称多县迁到玛查理镇，组建了自己的家庭。可好日子没过多久就结束了。一家六口人挤在小小的牛毛毡房里勉强度日，妻子常年卧病在床，家里缺劳力。家里养了几只羊，他在县城附近打点儿零工，一年下来，全家也就几千块钱收入，生活要靠政府低保才能基本维持。扎西才让有个愿望，很简单，就是能有几间像样的房屋，多养几只羊和牛，让家人过得好一点。可在贫困的折磨下，他最后心灰意冷，掰着指头数星星熬日子。

和扎西才让有同样境遇的还有玛查理镇的牧民尔金次排和花石峡镇扎地村的牧民索多。

当初，镇上草山承包到户的时候，尔金次排听信“公家的财产分到手里不踏实”的谣言，没要一头牛羊和一块草山。他想趁着年轻多挖些金子和虫草。结果，金子和虫草没见几个，家里却穷得快揭不开锅了。

离县城80多千米的扎地村，索多的日子过得清汤寡水，孩子生病，他四处求医，牛羊卖得没剩几只，几年的积蓄一下子花得一干二净，生活陷入极度贫困。

“全面小康路上一个都不能少。”位于黄河发源地的玛多县，成为脱贫攻坚的重要战场。在党中央的领导下，政府、企业、社会、群众齐发力，硬是将不可能的事情变成了看得见的现实。

当我们再次踏上玛多的土地，到花石峡镇、玛查理镇，或是到扎陵湖乡、黄河乡走走看看，就会发现无论是慈祥的藏族老人，还是帅气的“扎西”、美丽的“卓玛”，脸上都是幸福的笑容。

国家电网有限公司从2011年开始定点扶贫玛多县。10年来，公司共投入扶贫资金2.29亿元，实施52项扶贫项目，累计带动玛多县1710户5127人脱贫。2017年，玛多县被确定为公司北方地区清洁取暖示范县。

扎西才让一家搬进了黄河移民新村。他到玛多县供电公司当保洁，学会了养花种草的技能，家里4个孩子都有事可干。白天忙自己的工作，晚上一家人聚在温暖的新屋子里，喝奶茶看电视。扎西才让美梦成真。

尔金次排手里则多了一张“阳光存折”。从格尔木市10兆瓦集中式光伏扶贫电站和玛多县4.4兆瓦村级光伏扶贫电站的发电收益中，他每年能领到1000多元的红利。高大魁梧的尔金次排穿上了保安服，成了330千伏玛多变电站的门卫，每月能领到2700元的工资。

索多家的土房变成了砖房，进门下脚处就是光亮的地砖，客厅的壁挂电视里播放着《新闻联播》，金黄色图案的沙发坐垫下铺着电热毯，厨房的电饭锅里正煮着手抓羊肉，满屋子都是香味。我们在索多家看到了生活的甜美。索多说，这样的日子他做梦也想不到啊！

2019年5月15日，青海省人民政府发布公告，玛多县退出贫困县之列。这是国家电网有限公司在脱贫攻坚战中创造的一个奇迹！

二

2019年11月25日，是扎地村牧民分红的日子。

大家从村干部的手里领到了沉甸甸的“红包”。索多双手抚摸着红色的信封，嘴里念叨着：“共产党好，社会主义好，我从没有拿过这么多钱，真高兴呀！谢谢！谢谢！”

看到这样的情景，东周加的眼眶湿润了，心中百感交集。他悄悄擦

拭了一下眼角，随即爽朗地笑了。

东周加原是果洛州玛沁县供电公司办公室主任。2016 年 10 月，东周加踩着厚厚的积雪，以花石峡镇扎地村驻村第一书记的身份来到扎地村，他是国网青海省电力公司选派来的。东周加是青海当地的藏族人，熟悉牧区生活和风俗习惯，了解牧民所想所盼。这一来，他就待了 1500 多个日日夜夜。

东周加知道牧民最需要什么，最盼望什么。在扎地村，他提出“四好”愿望——让牧民的口袋鼓起来，房子暖起来，脸上笑起来，日子好起来。

扎地村是花石峡镇最贫困的村子，全村共 124 户 358 人，有 71 户 210 人挣扎在贫困线上。村里支柱产业少，还缺技术、缺资金、缺资源。牧民自身发展动力不足，生产积极性不高，“等、靠、要”思想严重。这些，都是扎地村脱贫的“绊脚石”。

2017 年 3 月的一天，东周加走访牧民家庭，突然听到一间房子里传来婴儿的啼哭声。一打听，那是牧民美忠的家。于是他前往美忠家看望。原来，婴儿是美忠女儿生的，但孩子落户成了他家最大的难题。东周加得知后，跑镇里、找乡里，想方设法帮着给孩子办了户口。从那以后，扎地村牧民对东周加高看一眼，认为他是真心为牧民办事的公家人。

扎地村牧民居住分散，东周加就挨家挨户走访。听说昂杰家因病致贫，他要去看看。天地间白茫茫一片，大雪簌簌地下着，寒风刺骨，他身上厚重的衣服像铁甲一样沉重。那时，东周加的老毛病关节炎和胃病都犯了，疼痛不已。他两脚像灌了铅似的，每走出一步都很艰难。推开门，屋子里只有昂杰的妻子。她眼睛红肿，明显是哭过的样子。她说：“姑娘得了肺结核，在西宁治疗。”第二天，东周加专程去西宁的医院看望昂杰和他的女儿扎西措。看着被病魔折磨的扎西措，东周加掏出 3000 元钱塞到昂杰的手里。半躺在病床上的扎西措眼泪无声地滚落。

核实核准贫困户基本信息后，要建档立卡。从家庭收入到个人住房，从一日三餐到身体状况，从出行到上学，从用电到吃水，东周加将扎地村认真仔细地梳理了一遍。每家每户的人口情况、经济收入、致贫原因、合理诉求，牧民的每一句话、每一个愿望，东周加全都清清楚楚地写在民情日记上。

扎地村基础设施落后，尤其是通往镇上的土路，晴天飞土，雨天成泥，牧民出行极不方便。东周加去玛多县交通部门反映沟通，争取到了960余万元的项目。不久，一条长46千米的“小康路”修成了。之后，国家电网有限公司出资200万元，实施扎地村公路养护项目。东周加又操心购置设备、培训技术人员，带动村里20人就业。到现在，这个项目让扎地村累计收益32万元。

接着，东周加运用“党支部+合作社+贫困户”的发展模式，从根本上破解扎地村产业发展动力不强、村集体经济有名无实的问题。在玛多县扶贫局的支持下，扎地村牧民饲养了1040只适合当地放牧的“玛多藏羊”，并依托国网电商平台销售。这些措施激发了牧民参与生态畜牧业发展的积极性。

四年来，扎地村户均增收3000多元，71户贫困户全部脱贫。牧民周才代表扎地村献上“情系群众　为民排忧”的锦旗，并捧着洁白的哈达送到了东周加面前。东周加激动地说：“这是扎地村牧民最朴实的情谊，感谢的是共产党的恩情和国家电网有限公司的无私帮助！”

三

2017年5月的一天上午，果洛供电公司营销部的员工田超敲开了总经理办公室的门。前不久，玛多县、班玛县和久治县三个地方的县域电网划入公司管理。田超主动请缨，要到最艰苦的地方去锻炼。

公司要在玛多县实施“三区三州”深度贫困地区电网建设、“阳光扶贫”工程和清洁取暖工程。作为新上划县，玛多县的电网建设、优质服务、定点扶贫等许多工作几乎都要从零开始。听完领导的介绍，田超感到了压力。说到脱贫攻坚工作，领导表情郑重：“青海的脱贫看果洛，果洛的脱贫看玛多，玛多脱贫攻坚是国家电网公司，乃至全国脱贫的重中之重、难中之难、坚中之坚！”

2017年8月，田超以副经理的角色开始主持玛多县供电公司工作。

十间年久失修的土房子，是玛多县供电公司的办公场所。田超组织召开第一届职工大会，发表任职感言，鼓励61名员工：“我们不仅是历

史的见证者，也是未来的开拓者。三五年后，新的办公楼会建成，110千伏线路要送到各乡镇，我们干的每一件事都是玛多县前所未有的大事。”

会议室里异常安静，大家都不吭声，炉子里煤炭和牛粪烧得“呼呼”响，茶壶嘴“突突”地冒着热气。藏族员工周拉的几句话打破了平静：“啊啦啦，不可能吧。玛多这么尕（方言：小）、这么穷，能修这么多的变电站吗？”

周拉在玛多工作了十多年，非常了解当地情况。17年前，玛多县依靠小水电摘掉了“无电县”的帽子，到现在还是“一根电线穿县城，一处故障全县停”的小电网。居民更是宁愿烧牛粪、烧煤，也不愿用三天两头停的电。

光说不练假把式，田超要用实打实的成绩消除大家的疑惑。

没多久，田超就碰上了难题：国网青海省电力公司的电网建设项目和清洁取暖工程同时开工，要求在3个月内竣工，让居民过一个亮亮堂堂、暖暖和和的春节。田超心想，只要施工人员到位，问题不大。可是，他低估了玛多环境的恶劣。高寒缺氧，刚浇筑好的铁塔基础被风雨

玛多电网建设　魏勇强 / 摄

摧毁，不得不返工，而工人却一批批地流失。田超负责项目协调，急得夜不能寐。

眼见暴风雨又要来了，田超看到一只雄鹰在草原上空翱翔，时而盘旋，时而俯冲，在乌云翻滚的空中毫不畏惧，那种气势有种说不出的力量。当时，田超心中沉静下来，坚定了信心。

接下来，田超和国网青海省电力公司的同事们建电网、装电表、抓扶贫、强服务，工作一项一项地落实了。2018 年春节前，玛多县 110 千伏星海变电站投运，结束了县电网与主网联系薄弱、供电能力不足的历史。清洁取暖示范工程建成后，玛多县成为我国首个高寒高海拔清洁供暖示范县。

周拉心服口服了，他现在最相信田超的话，也格外看重印有国家电网标志的工装。他望着单位大院里“在高原创造高度”“不向困难退半步，只向胜利添精彩”的红色标语，心中的工作激情高涨。他说，以前的玛多县是“一条街，两排房，一个警察站中央”，牦牛、羊群和狗满街窜，街上都是牛粪和煤炭燃烧的气味。现在的县城，电力足了，延伸出了南大街、东大街、滨河路、建设路，有好几个十字路口，斑马线、交通信号灯、太阳能路灯也都有了。

2019 年 6 月 30 日，玛多县和青海省其他地区一样，实现电费“同网同价”，电价每千瓦时降低了 0.2 元，一般工商业电价降幅达 50%。农村户均配电变压器容量由 1.81 千伏安，提升至 2.5 千伏安。

牧民在县里新修的格萨尔广场跳起了锅庄舞，唱起了藏族歌谣。

那天黄昏，田超独自在单位新办公楼旁边的小河畔散步。那些经历过的事情在田超脑海中像放电影一样，画面一帧帧闪过。

记得，他到玛多县工作以来，玛多县供电公司的各项工作稳步推进，公司相关负责人还不远千里来到玛多，查实情、找症结、拿对策。国网青海省电力公司因地制宜实施光伏扶贫、电网补强、清洁取暖、产业发展等项目。

记得，展洁、李炳胜、伊有福、李永斌、韦强、祁科民……他们是国网青海省电力公司扶贫办的同志，他们前前后后多次来到玛多，心想玛多、情为玛多。电网人的责任、情感和行动都汇入脱贫攻坚的巨流之中，使玛多的每一项扶贫工作都高标准推进、高质量交卷。

记得，国家电网有限公司在玛多修建完善了3所学校的教学设施，每年设置50万元大学生奖励基金，奖励考取普通高等院校和职业院校的牧业户籍学生。如今，已有584名贫困大学生得到了资助，他们都是玛多的未来啊！

记得，22岁的藏族女孩卓尕拉毛感激的眼神。她和姐姐索南卓玛都考上了大学，可姐妹俩每年1万多元的学费让家里不堪重负。2017年，她家从光伏扶贫电站中得到分红，再加上国家电网有限公司的助学金及各类补助金共2.9万元，让这对姐妹得以安心地坐在书桌前读书。

苍穹浩瀚，天空的点点繁星和地上的璀璨灯光相映生辉。看到美丽的高原夜景，田超心中无限感慨：那么多的付出，都是值得的。

今年初夏的清晨，田超和东周加相约来到距玛多县城不远处的山坡上。牛羊在不远处吃草，鸽子扑棱着翅膀从眼前飞过。

太阳刚刚露头，先是明黄，再是火红，颜料似的涂抹着大地。朝霞给玛多县井然有序的楼房、街道涂上了金色，几座现代化的大楼拔地而起，高速公路让县城连接四面八方，车辆飞驰而过。

玛多县一瞥　雒文清／摄

高原脊梁　　祁正吉／摄

这是多么美丽的一幅牧区小镇油画啊！

“花石峡不吃饭，玛多不住店”的顺口溜成为历史。来自五湖四海的游客，奔到玛多，走出温暖的宾馆，贪婪地吸一口清凉的氧气，欣赏“天上玛多”的美景。

田超和东周加是同事，又是脱贫攻坚战的战友。他们此时似乎听到了远方变压器“嗡嗡”的电流声，闻到了牧民家奶茶和酥油糌粑的香味。

国家电网有限公司连续三年被青海省委省政府评为“中央企业定点扶贫先进单位”。田超荣获公司特等劳动模范、青海省劳动模范称号。东周加被青海省委省政府评为“2017 年度脱贫攻坚先进个人”。

玛多的风依然犀利寒冷，但它挡不住电网人奋斗的脚步。如今，田超和东周加依然在玛多，在奉献，在拼搏。

高原明亮的光照下，黄河在不远处静静流淌，就像未来玛多牧民的幸福生活一样，万年长。

“九曲黄河十八道弯，弯套弯，玛多是一望无际的草原，藏舞的海洋花儿的天，随口漫，要唱个美好的明天。”欢快的“花儿”回荡在天空，那歌声响亮、悠扬，飞向远方……

土家山寨的阳光收益

李 萍

美丽的清江　　李萍 / 摄

夏天的绿，在天地之间兀自葱茏。在湖北省长阳土家族自治县的山水之间，56 座光伏发电站如瓦蓝色的瀑布群挂在山坡。它们是 2016 年、2017 年两年间国家电网有限公司为帮扶当地脱贫而建成的。

满山羊群，绿色大棚蔬菜，“慧农帮”电商实体店，中小学的操场、阅览室和电教室……这些都给曾经的荒山野岭和贫瘠的土地带来了生机，给贫困人口带来了希望。借助电网银色的翅膀，阳光沿着输电线路一路高歌飞扬，飞向土家山寨，讲述着那些脱贫致富的暖心故事。

土地坡村的太阳

太阳下，北纬30度，一群白鹭扑扇着洁白的翅膀越过土家山寨的光伏扶贫电站，在波光粼粼的清江上空比翼齐飞。

土家族有句谚语："有吃饱饱胀，无吃晒太阳"。土家儿女爱太阳。国家电网有限公司在古朴的土家山寨种下满山坡的阳光种子，也种下了温暖和希望。

54个贫困村，56座光伏扶贫电站，56个太阳，山间一片瓦蓝，山顶一片蓝天。

这56个太阳与一位叫刘敬华的人有紧密关联。刘敬华来头不小，他是国家电网有限公司总部的员工，由中央组织部选派到长阳龙舟坪镇土地坡村驻村当"第一书记"，负责推进"精准扶贫、整村脱贫"。2015年7月，阳光最热烈的日子，刘敬华驻进了土地坡村。

人多地少，居住分散，土地坡村缺水、电弱、路窄、桥少。刘敬华向70岁的老支书刘泽科请教农村群众工作经验，还请党员干部和自己一起向村民讲解他的全村精准脱贫设想："一桥一路一中心，两翼齐飞早脱贫"，土地坡村要起飞，得有两个翅膀，一个是发展特色农业，另一个是发展土家族风情生态旅游业。

刘敬华的想法在土地坡村一件件实现了。桥通了，路修了，党员群众服务中心建起来了。至于电，那更是这位电网公司派来的第一书记的看家本领。在长阳县供电公司的帮助下，土地坡村成了动力电进村入户"井井通"示范村，村民用上了"无卡口"的放心电。

刘敬华在中央单位定点扶贫工作会议和全国首期第一书记示范培训班上做典型交流发言后，又有了进一步的思考：长阳县是老、少、边、穷、库为一体的国家级贫困县，脱贫必须深挖原因，让阳光滋润一方人。

土地坡村一缺资金、二缺技术、三缺劳力、四无资源，要脱贫谈何容易？

阳光炙热，太阳晒得地上发烫，眼前除了山还是山，刘敬华一筹莫展。一天晚上，他辗转难眠，倚窗而思。土地坡村到县城的主干道没有一盏路灯，路的一边是大山，一边是溪水。这条路弯道多，很多地方都

是急弯，村民晚上出行很不安全。要是有路灯，让白天火辣明亮的太阳在晚上也发光该多好啊！他灵光一闪，有了一个大胆的设想：在土地坡村建光伏电站。

这个想法像一团巨大的火球在他胸中燃烧，越烧越旺。当时，国家对光伏发电产业有补贴政策。刘敬华到附近市县已建成的光伏电站去调研，了解情况。他的设想得到了公司的高度重视。中国电科院、国网能源院等多个科研单位派专家来土地坡村考察、勘测，从地质结构、土地性质、光照条件、上网方式、电网消纳能力等方面，论证光伏项目的可行性、安全性和经济指标，反复比较各种方案的优劣，提出最优建设方案。

2016 年，国家电网公司积极响应党和国家号召，发挥资源、技术、管理、服务优势，开始实施“国网阳光扶贫行动”项目，计划于当年 12 月 5 日前在龙舟坪镇土地坡村的城墙堰和渔峡口镇西坪村的大山建成两座 6 兆瓦光伏扶贫电站。

这天大的好事到了土地坡村，可召开村民大会的时候村民却顾虑颇多，迟迟不肯点头答应。为什么？地里有祖坟，不许施工；本来地就少，再建光伏，以后吃什么；祖祖辈辈都种地，土地是命根子，建光伏干啥。

国家电网有限公司捐建的光伏扶贫电站　　李萍 / 摄

刘敬华当起了光伏宣传员。他逐家逐户上门解释国家的光伏政策。最终，他赢得村民的全力支持，也得到了长阳县供电公司的大力支持。长阳县供电公司抽调 3 人专门负责协助他的工作。定坐标、量尺寸、划边界……为了确定每户土地纳入光伏建设的范围，他带领测量人员一块地一块地测量，上上下下，沟沟坎坎，来来回回，衣襟汗湿了，脚走肿了，鞋底也磨破了。

土家人清早出门爬坡干活，都会扯起嗓子喊：哟……大山的子孙哟，爱太阳喽，太阳那个爱着哟！山里的人哟……高亢嘹亮的山歌扯开了晨曦下的清江晨雾，唤醒了昨夜沉睡的太阳。

酷暑寒冬建电站

骄阳似火，土地坡村的沿头溪流域白鹭戏水，草木葳蕤，一幅青山碧水的长卷绵延于六月的天地之间。2016 年 6 月 28 日，土地坡村城墙堰，大型推土机在半山腰忙开了。

建设工地上热浪滚滚，蚊虫扑飞，工程机械车紧张作业，挖掘机、推土机的轰鸣声震耳欲聋，重型卡车来回穿梭。在蜿蜒崎岖的盘山公路上，光伏电站的建设材料来了一车又一车，工地上的施工人员来了一拨又一拨，蓝色的光伏板在山坡上铺设了一片又一片……

终于，9 月 29 日这一天，长阳土地坡城墙堰的 6 兆瓦光伏扶贫电站建成了，并网发电！电网的专家给村民算了一笔账：电站预计首年发电量 544 万千瓦时，25 年总发电量 1.2 亿千瓦时。所发电量接入长阳电网，电源出力可以在长阳电网内完全消纳。

土地坡光伏扶贫电站作为示范点先行建设。按照国家定点扶贫工作统一安排，国网湖北省电力公司把“国网阳光扶贫行动”项目纳入农网改造升级工程统一管理。长阳县供电公司配合光伏电站项目完成配套电网建设。

土地坡村村支书曹梅芳特别喜欢去看那些蓝色的板板，她看到的是希望：“光伏项目并网发电，会给我们土地坡村 66 个贫困户带来收益，改善他们的生活状况。”

从盛夏到金秋，再到寒冬，光伏电站的建设从未停歇。

冬季，寒风卷地白草折，长阳高寒地带大雪纷飞。渔峡口镇，冰未消，雪未融，西坪村大山 6 兆瓦光伏扶贫电站建设工地却沸腾了！荒野的乱岩岗上，几台重型挖掘机伸着巨臂挖、举、卸……开荒地、运石、筑基、清排水沟底，数百人争分夺秒抢工期，凿的凿、搬的搬、抬的抬、扛的扛。有的人在冰水齐膝的深沟里挖泥砌石，有的推着小车健步如飞。偶尔，人们会跑进简易板房，伸手烤烤火，喝上一口热水，再接着干。高山大雪，也覆盖不了建设者们创造的奇迹。仅 50 天，2016 年 12 月 15 日，西坪村大山 6 兆瓦光伏扶贫电站并网发电了。

在旁人看来，这只是眨眼的“工夫”。而这“工夫”是每个参建者从每天的光阴中抢下来的。刘振华，就是这两个工地上从酷暑忙到寒冬的身影之一。

53 岁的刘振华之前是长阳县供电公司的一名营销人员，也是同事们心中的“好人刘”。自从到光伏业主项目部工作后，他就每天往返于工地和光伏业主项目部之间。光伏知识和管理他都不懂，那就现学。最让他头痛的是天气，要么特别热，要么特别冷。他有严重的鼻炎、高血压，冷热都会让他非常难受。

在建设城墙堰光伏电站的时候，施工单位缺乏山区施工经验，电气整改的任务落到了长阳县供电公司。长阳县供电公司负责人在动员会上立下 3 天完工的军令状，刘振华主动带头，带动大家完成任务。才是初秋，他就穿着棉袄和穿着衬衣的年轻人一起起早摸黑、轮番上阵干通宵。72 小时后，电气安装逐项验收，一次性通过。他的鼻炎又发作了，血压高到 180，从每天吃一次降压药到每天吃两次。爱人心疼得不行，刘振华说：“光伏业主项目部三个人，最大的 60 多岁，最小的 30 岁，我是中坚力量，得多担当!”

在光伏扶贫电站选址和征地时，为签办各种手续，刘振华几乎每天都要坐六个小时的车往返于位于镇子最西端的大山和最东端的光伏业主项目部。后来，为了便于工作，他干脆带了几件换洗衣裳，大冬天住进了工地的简易板房。同事给他起了个“光伏牛”的雅号。

洁白的雪花亲吻着不再荒芜的大山。人心聚拢，就像一轮太阳，把那些不协调悄无声息地融化了。过去，这里是一片贫瘠的砂石地，水土保持难，粮食作物生长难，交通出行难，村民脱贫致富更难。生活在这片土地上的年轻人纷纷外出务工。光伏扶贫电站并网当天，土地坡村贫困户刘士桂笑得合不拢嘴：“儿子在北京打工，今年光伏电站建起来了，家里收入要增加了，他要带媳妇回家过年。”

太阳下，土地坡村生出了一片浩蓝的希望。

春风又绿清江岸

2017 年春天，春风再次吹到了清江两岸。国家电网公司决定再次投入资金，给长阳 54 个建档立卡贫困村每个村捐建一座村级光伏扶贫电站。之前建设时，施工的最大难度来自交通不便。村里的路，弯弯曲曲，坡陡弯急，施工机械和大型设备运输车辆没法开进现场。拓宽改造现有道路涉及占用部分村民土地，协调工作量很大。

说起协调工作，长阳县供电公司光伏协调专责吕学银有一肚子的话要说。61 岁的吕学银，早在 2014 年就因病住院休息了近半年，并于 2015 年正式退休。2016 年，因为要建光伏扶贫电站得提前协调征地，一声召唤，他又回到了单位。考虑到他的工作经历和退伍军人身份，单位安排他负责协调工作。干了几个月，吕学银说：“搞光伏工作，不是走亲戚，不是谁都欢迎你的！”

2017 年 3 月 20 日，吕学银起了个大早，沿着清江河岸穿过白雾缭绕的天柱山，直赴鸭子口乡。他揣着一个天大的喜讯奔走在蜿蜒盘踞的巴山夷水鸭桃线的公路上，心情好极了！

9 点整，他一个箭步，就笑眯眯地踏进了乡政府。三天前就约好了，他对此行信心满满。他四处张望。咦！怎么没有看见乡领导？打电话一问，领导正商议大事，让他等半个小时。正好坐车累了，休息一下，他心里很是停当。半个小时过去了，没有人出来，再打电话，说要等到 10 点。半个小时又过去了，又打电话，说等到 11 点。半个小时又过去了，第四次打电话，说要等到 11 点 30 分。转眼到了吃午饭时间，乡领导终于结束会议，一脸客气地说：“走！一起吃午饭。”

性格温和的吕学银再也不能忍了，他说：“扶贫是大事，是国家的大事，国家电网公司帮我们长阳，是我们供电公司的头等大事，我们人手有限，时间有限，我耽误不起，不吃饭！”

他一秒钟也不敢再耽误，立即赶往下一个乡镇——资丘镇。还没进镇政府的门，他远远地就看见资丘镇的领导和7个贫困村的村支书在等他。他的眼又眯成了一条缝，重拾喜悦。资丘镇镇政府领导表态："我们保证配合，组织协调，感谢国家电网公司的帮扶。"办理村土地流转手续，签订征用地合同，签订责任状，一切进展顺利。他心里乐开了花，高兴之余还得完成没有办完的任务，他又折回鸭子口乡。

就在吕学银奔波于武汉、宜昌和长阳的54个贫困村之间的时候，时间不知不觉到了5月。2017年5月26日，全国光伏扶贫现场观摩会在宜昌举行，为的是贯彻落实中央关于光伏扶贫的部署要求，分析形势，交流经验。与会代表到长阳县多宝寺村、合子坳村现场参观村级光伏扶贫电站，向全国推广国家电网光伏扶贫模式。

供电员工在查看合子坳村光伏扶贫电站的数据　　李萍 / 摄

6月14日，长阳县村级光伏扶贫电站全部并网发电，实现54个建档立卡贫困村全覆盖。9月14日，国家电网公司在宜昌完成了向湖北省捐赠投资4.37亿元建设的236座村级光伏扶贫电站资产移交签约仪式，为央企助力打赢脱贫攻坚战发挥了示范引领作用。

金秋十月，雨过初晴，三百里清江美如画。位于清江库区的磨市镇北部多宝寺村的光伏扶贫电站旁的瓜蒌种植基地里，一个个墨绿色、金黄色的瓜蒌吊满了棚架。晶莹的雨珠顺着瓜蒌颗颗滑下，衬得瓜蒌愈加色泽鲜亮。

瓜架下不时传来一阵阵爽朗的笑声。多宝寺村村支书覃启艳正带领种植户杨科喜和几个贫困户采摘瓜蒌。长阳民福瓜蒌专业合作社的老板杨军明的农用货车稳稳地停在种植基地的机耕路上，路边堆满了种植户

春风又绿清江岸　　李萍 / 摄

们装满瓜蒌的筐子。秋风掀开瓜蒌叶，匍匐在地的瓜蒌露出了半张脸，像极了村民刘祖安那张消瘦的脸。杨军明对刘祖安说："祖安哥，我过几天把瓜蒌筐子放在你的瓜蒌地里给你摆好，你只需要摘了瓜蒌放里面，我用三轮车来拖，全给你收了。"刘祖安噙着泪说："谢谢你，我老伴又去住院了，我勉强能每天给她送一次饭。"杨军明问："你明年还可以再多种几亩吗？保证收入可以达到 2 万元，把治病欠下的债还一部分，孩子学费也不愁了！"

杨军明看见覃启艳，忙告诉他自己刚刚查到村里支持合作社扩大建设的 10 万元资金已经到位了。"这是电站发电的第一笔收益，大部分先划给合作社，把瓜蒌产业搞起来了，全村脱贫致富就有大指望了！"覃启艳说。

多宝寺村共 830 户，其中贫困户 334 户，贫困人口 1058 人。村民以种植玉米、土豆为主要经济来源，村集体无集体经济实体。贫困户贫困的原因主要是缺技术、因病、因残、因学、缺劳力等。自 2012 年以来，这个村先后享受到国家电网公司定点扶贫项目：产业扶贫发展柑橘种植业和“清泉”工程解决饮水问题。自从村里有了光伏扶贫电站，每年收益大约 19 万元，有了这笔钱支撑，就可以帮扶贫困户发展瓜蒌种植产业。村里与致富领头人杨军明合作，成立了长阳民福瓜蒌专业合作社。村里出资建厂房，加上 20 亩荒地和部分贫困户流转的土地，合作社提供种植、培训、收购、外销一条龙服务，带领村里 30 多个贫困户脱贫。

覃启艳在村民代表大会上宣布：光伏扶贫电站收益分配将拿出 5 万元保养和维护村级基础设施；4 万元帮助有劳动能力的贫困人口实现就业，提供公益性就业岗位；1.5 万元帮扶贫困学生，奖励考取重点大学的学生；2 万元帮扶因病因灾生活困难的人；余下的收益扶持贫困户的瓜篓产业发展、养殖业发展及技术培训。

话毕，台下掌声响成一片！

村级光伏扶贫电站的收益，完全解决了这些村集体经济匮乏和发展资金不足的问题。到 2020 年 5 月底，56 座光伏扶贫电站实现总收益 6022.55 万元：为长阳县 4.5 万贫困人口提供养老保险，共 585 万元；为村集体设施建设提供资金 2229.9 万元；提供公益性岗位 1763 个、发放工资 793.07 万元；用于教育扶持、救急难资金 531.86 万元。而这些都是依托光伏扶贫电站长达 20 年到 25 年的阳光收益。

2020 年 4 月 26 日，经湖北省政府批准，长阳土家族自治县退出贫困之列。

资丘镇泉水湾村党支部书记向前进特别感慨，他说国家电网有限公司捐赠的光伏扶贫电站是村集体收入最大的来源，他们特别珍惜和爱护，也特别感谢国家电网有限公司。泉水湾村还准备再自筹资金新建一座光伏电站，为的是更好地发展村集体经济，让村民脱贫后走上致富奔小康的路。

一大群白鹭飞过蓝色耀眼的光伏电站，最后停落在清江河边的枝头上，它们不停地扇动着翅膀，欢腾跳脱，它们像是在述说国家电网有限公司持续 25 年的扶贫帮扶故事，又像是在唱着一首脱贫攻坚的乐歌：跟着太阳向前走，春风化雨，大地披锦绣……

喀依尔特村的春天

杨梅莹

阿勒泰深处的喀依尔特村　　宋哲 / 摄

一

阿勒泰山是山连山，山环山，一座山套一座山。4 月初，山下树青水蓝，山里仍雪白冰冻。喀依尔特村北的山脊斑驳，如雪肤中生出的痂。

昨夜，下了颗粒状的雪，似小米。即便到了 5 月，喀依尔特村下雪都不是稀罕事。

村民哈那提家对面是白茫茫的雪山。

天没亮，哈那提赶着家里 3 头奶牛把它们送往村集中养殖点。村里实行人畜分离，哈那提第一个响应，在承诺书上摁了红手印。

李书记处处为喀依尔特村人着想，哈那提不能拖李书记的后腿。

喀依尔特村是新疆阿勒泰供电公司的定点帮扶村。第一书

记李德昌原是阿勒泰供电公司副总经理，2018 年年初到这里驻村。一同驻村的还有 6 名队员，都来自供电公司。宋庆是队员中年龄最大的，53 岁。

喀依尔特村位于深度贫困地区。2018 年年底，在驻村工作队带领下，全村整体脱贫。

村子坐落在山腰，谷底是喀依尔特河，两岸有茂密的次生林。喀依尔特河是新疆第二大河流额尔齐斯河的源头之一。额尔齐斯河有阿勒泰母亲河之称。

喀依尔特村由喀依尔特、大桥和阿克沃巴 3 个自然村构成。阿克沃巴居东，大桥在中，喀依尔特位西。村子东西长 7 公里，有 418 户村民。驻村工作队就在喀依尔特村西北角的村委会。

初到喀依尔特村的李德昌，遇到的第一件事是村民告状。刚落脚，就有一名哈萨克族中年汉子怒气冲冲地闯进来，朝他一通大嚷。李德昌被嚷蒙了。李德昌虽略懂一点哈萨克语，但眼前汉子的语气语速让他愣是一句都没听懂。住在隔壁的宋庆赶过来救急，他能说一口流利的哈萨克语。

中年汉子叫赛特尔汗，住在阿克沃巴村。村里有个叫努尔巴合提的“酒鬼”三天两头跑到他家里解手，说了也不听。有次，赛特尔汗揍了努尔巴合提，结果赛特尔汗不但赔了医药费，还受到了处罚。今天，努尔巴合提又到他家撒尿。奇怪的是，努尔巴合提谁家也不去，偏偏只去赛特尔汗家。俩人无冤无仇，这叫啥事嘛！

李德昌当即给赛特尔汗承诺，不会让这样的事再发生。宋庆急了：“哎哟，我的李书记，这事怎么管，您管得着吗？”“管得着，怎么管不着？想让喀依尔特村富起来，就得先改变人的思想和精神面貌！没办法？想办法也得管。”“好，李书记，您管，我看您怎么管？”宋庆自言自语。

二

对穿戴整洁的李德昌，村民哈那提很是不屑。他认为像李德昌这样穿戴的人，到农村就是走过场，不会真心实意替农民办实事。妻子库米拉不认同，说哈那提以貌取人。她反问："敢情穿成努尔巴合提那样就是做事的人？"

努尔巴合提 40 岁左右，一身肮脏的破西装从年头穿到年尾，整天蓬头垢面，酒气熏天，躺哪，哪就是床。

哈那提两口子围绕李书记在喀依尔特村能否干实事发生了分歧。库米拉觉得农村一点不比城里差，只要人肯干肯出力，也能过上城里人过的日子。凭啥农村人就不能穿得整齐？她不服。跟李德昌接触过两回，她觉得李德昌踏实靠谱。

库米拉能干，心气儿也高，不想把日子过在别人后头。哈那提是得过且过，喜欢扎堆喝奶茶。不管库米拉忙不忙，他都让库米拉熬奶茶，一壶奶茶从早喝到晚。库米拉揶揄他是"为懒惰找借口"。

"你是故意找李书记的茬。"库米拉说。哈那提不认账，他跟库米拉打赌，看李德昌能不能给喀依尔特村干实事，赌注是谁赢以后听谁的。哈那提信心十足，还暗嘲妻子头发长见识短。

三

年轻时的努尔巴合提，也很阳光开朗。妻子嫌他穷，跟别的男人跑了。自此，他整天喝得酩酊大醉。

李德昌在牛圈门口找到努尔巴合提。他蜷缩在一堆牛粪上，醉得不省人事。李德昌把努尔巴合提拉回村委会。一进大门，他们就遇见村委员乌拉孜汗。"哎哟，我的李书记，你咋把这货弄回来啦？"在他眼里，努尔巴合提就是瘟神。

"村里计划 2018 年年底脱贫，努尔巴合提怎么办？"李德昌问。乌拉孜汗说："努尔巴合提不算。""不算？努尔巴合提是不算喀依尔特村人？还是不算贫困人口？墙上的标语'脱贫路上一个都不能少'可不能成一句空话。努尔巴合提必须要脱贫。"李德昌说。他把努尔巴合提安置在工作队休息室，不一会儿便听到鼾声如雷。李德昌在屋里加了一台电暖器，又给他盖了一床毛毯。

睡醒的努尔巴合提吃完宋庆给他专门做的牛肉面后，抹了嘴就要酒喝。宋庆没给。按照李德昌的安排，先带努尔巴合提洗澡。努尔巴合提

不肯洗，宋庆无奈，只得作罢。李德昌把努尔巴合提留在驻村工作队，负责给村委会打杂，又把自己的衣服送给努尔巴合提穿。

帮努尔巴合提戒酒，不是件容易的事。嗜酒的努尔巴合提很难控制，想尽一切办法要酒喝。李德昌就找些有意义的事让努尔巴合提做，让他远离酒。

四

库米拉讨厌哈那提安于现状的态度。哈那提却振振有词：“人要知足，追求太高是给自己找麻烦。”

哈那提家的田在喀依尔特河边。2018 年，哈那提在田里种了麦。到了 6 月，麦秸长到一尺高，秆粗，叶厚，喜得哈那提合不拢嘴，对库米拉说：“‘胡大’保佑，我今年啥也不用做，麦田收成就够吃。”“胡大是谁？你见过？你不努力，看‘胡大’能不能让你富起来！”看着左邻右舍在驻村工作队带领下干起来，库米拉心里急。2018 年年初，不顾哈那提反对，库米拉在驻村工作队的帮助下养了 3 头西门塔尔奶牛。

夏天的喀依尔特，山清水秀，空气新鲜。库米拉家的牛奶在可可托海镇供不应求，每天，她 9 点前就将牛奶送到镇上的牛奶销售点。

那天，山里下暴雨，库米拉冒雨往家赶。她惦记河边麦田。如果麦田被淹，那损失就大了。进家，见哈那提躺在炕上睡大觉，气得库米拉边哭边骂。坐在炕沿，哈那提茫然地瞅着落汤鸡似的库米拉。丢下哈那提，库米拉去了麦田。哈那提想了想，也跟了出去。路上，看着地上成了小溪的雨水，哈那提想：麦子完了。

然而，麦田安然无恙，哈那提乐了。“哈那提，你傻愣在那儿干吗？快去河边防洪！”库米拉在雨里吆喝。防洪？麦田安好，原来是有人在防洪，怪不得呢。李德昌领着驻村工作队和村民在河边防洪。哎呀，那个平时穿戴整齐的李书记成了泥人。

河堤上有用沙袋筑起的一道防洪坝。瞧着波涛汹涌的洪水，哈那提倒吸一口凉气：“我的乖乖，这么大的洪水，如果不防洪，麦田早毁啦！”不仅仅是哈那提家的麦田，喀依尔特河下游的千亩庄稼都会遭殃。

“庄稼是农民的命根子，决不能被洪水淹了。”这是李德昌的话，哈那提听得清楚。

暴雨过后的喀依尔特，艳阳高照。但是，村里却一片狼藉，空气中弥漫着牲畜粪便发酵的臭味。

哈那提决定当面感谢李德昌。库米拉揶哈那提："你不是说李书记衣服穿得展展的，不是干事的人吗？你谢人家啥呀？"哈那提被库米拉说得脸红脖子粗，回道："不用你管。我认输，以后听你的行了吧！"

库米拉给哈那提讲了一件惊人的事——努尔巴合提去石料厂上班了。哈那提不信，说："努尔巴合提不喝酒，我就不吃饭。""信不信由你，这赌不打，你饿死了我要坐牢。"库米拉笑着反击。

哈那提不服："努尔巴合提工作了，我落在他后头，会被人嘲笑死。"他暗暗佩服李德昌。

五

努尔巴合提戒了酒，喀依尔特村没人相信，但千真万确。李德昌用4个月时间帮努尔巴合提戒了酒。

努尔巴合提矢口否认在赛特尔汗家解过手，过去的事，他啥也不记得。没人知道努尔巴合提为啥会去赛特尔汗家解手，这是个谜。小时候，努尔巴合提父母赶着羊群到别处放牧，他就寄住在邻居赛特尔汗家，还是赛特尔汗母亲的干儿子。赛特尔汗母亲去世后，两家慢慢生疏。后来，努尔巴合提天天酗酒，赛特尔汗便彻底不跟努尔巴合提来往。努尔巴合提知道自己醉酒干了糗事，羞得想找个地缝钻下去。"过去就让它过去，跟乡亲们一起脱贫奔小康。今年，很多人家发展庭院经济，你看，库米拉养了奶牛，卡别克养了黑鸡，金恩斯古丽种了大棚蔬菜……只要肯干肯努力，年底就一定能脱贫，过上好日子才幸福。"李德昌鼓励努尔巴合提。

只有自己才能真正拯救自己。努尔巴合提也是如此。

赛特尔汗没想到努尔巴合提会向他道歉。穿戴整齐的努尔巴合提变了样——4个月没碰一滴酒，在石料厂当保安，每月工资2000元。李德昌给他算了一笔账：保安工资每月2000元，家里土地出租一年1000元，全年收入25000元。努尔巴合提乐了，说："嗨，没有李书记，我

这辈子完了。”李德昌说：“好好干，好日子在后头呢，生活富裕，娶上媳妇，那生活才美哩！”

2018年年底，努尔巴合提在石料厂领到10000元工资。他成了脱贫户。

努尔巴合提在村里挺直了腰杆。

六

哈那提怀揣两瓶二锅头去找李德昌，见李德昌在院里搭黄瓜架，就掏出酒瓶往他怀里塞。李德昌吓了一跳：“唉，你这是干啥？你这是让我犯错误，有啥事你直说，咱是一家人。”“没啥事，是感谢李书记救了我家麦田。”哈那提笑嘻嘻地说。李德昌扎好最后一根藤，招呼哈那提：“我有事找你。”他拉着哈那提到屋前的石头上坐下。

一听李书记找自己有事，哈那提来了精神，劲头十足。“啥事？您尽管说，我哈那提保证办得到。”他拍着胸脯说。李德昌笑着说：“哈那提呀，你家院子闲置，能不能也种点蔬菜？现在栽苗还来得及。你看，院里的黄瓜长得多好！咱喀依尔特能种蔬菜。”

喀依尔特全年无霜期不足90天，生长期稍长的蔬菜无法成熟。村里家家户户守着大院子，有肥沃的土地，有充足的农家肥，可就是没人种蔬菜。李德昌动员村民种大棚蔬菜，还在县里请来农业专家给村民传授种植技术。村民们有种的，有看的，有不相信的。哈那提就是那不相信的。

“行，李书记，听你的，我种。”哈那提连连点头。

“还有件事得请你帮忙，咱们村山清水秀，夏绿秋黄冬白，天蓝水清气爽，喀依尔特河又在额尔齐斯河的源头，适合旅游，我们借优势发展喀依尔特村旅游经济。”

“哎呀，李书记，能行吗？”哈那提惊讶。

“当然行。在喀依尔特村开农家乐，我们有绿色蔬菜，发展庭院养殖，散养一些鸡、鸭、鹅，再制作一些哈萨克族特色小吃，还有特色手工艺品……”李德昌说。

说着说着，哈那提竖起大拇指，连声赞同。李德昌按住哈那提的手说："这事宜早不宜迟，村里能开五六家农家乐。在自家门口做生意，不耽误地里种庄稼，想不想干？"

"有李书记在，我干，冲您和驻村工作队帮卡别克治病，我就认定您真的是为我们办实事。我不明白，您是汉族，我们是哈萨克族，您咋愿意帮我们呢？"哈那提说出了心中最后一点疑惑。

哈那提一家收获大棚蔬菜　　宋哲／摄

"好兄弟，各民族是一家人，不分彼此，只有大家好才是真的好！"李德昌的话，让哈那提感动。

七

库米拉说哈那提像打了鸡血一样，干啥都来劲。

哈那提在集中养殖承诺书上摁红手印的事，早有长嘴媳妇把话学给了库米拉。库米拉不同意把家里的奶牛送到村集中养殖点，她嫌远，不方便挤奶。"李书记啥事都对，这事做得不对。"库米拉说。哈那提瞪双虎眼瞅库米拉，大声说："你个娘们，你懂啥？这叫人畜分开，是为了家里和村里卫生。李书记处处为我们想，你倒好，狗咬吕洞宾，还抱怨上李书记了。我给你讲，你咋样对我都行，再说李书记的不是，我跟你翻脸。"哈那提是翻脸不认人的主，库米拉清楚。"别人想送，送去呗，我们家的3头奶牛就别送了吧。"她央求。"库米拉啊库米拉，这事你怎么就拖后腿呢？把牛送集中养殖点，家里干净，村子也不会有牲畜乱跑乱拉乱尿，建设美丽喀依尔特对我们是好事。"

脱贫不是喀依尔特村的终点，而是向着新生活迈进的起点。李德昌的目光看向更远的远方，他要让喀依尔特村人的日子过得更精彩。

2019 年，春，喀依尔特村召开村民大会，群策群力，讨论综合治理环境。李德昌对村民说："建设美丽的喀依尔特有益于村民身心健康。光脱贫还不够，我们把日子过得更好更漂亮才是目标。现在，大家住进富民安居房，住房条件改善了，但是，我们的环境并没改善呀！"

"李书记，喀依尔特村环境咋改善？成堆成堆的牛羊粪跟大山似的，眼看又快化雪了，脏水在村里流成河，真烦人，咋改？养牲畜就有粪便，要发展庭院经济就得养牲畜，养牲畜村里卫生就不好。"乌拉孜汗为难地说。"牲畜满村跑，肯定有粪便，能不能把自家的牲畜都圈好。"村民阿依甫说。立即有人反驳："阿依甫，你说的比唱的好听，长腿的东西能管住吗？你先把你家的牲畜管好，我瞧瞧。""村子里太脏，尤其夏天，太臭！"哈那提大声说。你一言，我一语，归根结底，是养牲畜造成村里卫生差。

"唉，我养鸡正养得带劲，去年收入不错，2019 年想养 500 只，不，600 只。李书记，你不会不让我们养了吧，不让我养，我可不乐

驻村工作队队员（右一、二）帮助村民打牧草　宋哲 / 摄

意。”脱贫的卡别克担心地说。李德昌摇手，说：“养，肯定要养。咱们既要发展经济，也要保护环境，把喀依尔特村建设成最美乡村。驻村工作队提出一个‘集中养殖’的方案，就是在村西建一个集中养殖点，村里的牲畜集中养殖，人畜分离。”

村民沉默。

万事开头难。李德昌明白，只要有人带头，下面的工作就会迎刃而解。刚来喀依尔特村那会儿，开展工作难，后来不是顺了嘛。李德昌相信喀依尔特村人会做出正确选择。

“李书记，集中养殖好，我听您的，我家送！”哈那提说，“您说得有道理，喀依尔特村不但生活要富，环境也要好，这才是真正过上好日子。”哈那提第一个在集中养殖承诺书上摁了红手印。你摁，他摁，集中养殖承诺书上摁满了密密匝匝的红手印。

2019年，初夏，李德昌按计划完成驻村工作，离开喀依尔特村。以脱贫为起点的喀依尔特村人在2020年的春天里将朝着幸福的下一站继续前进。

太阳照在青岗岭上

王 震

青岗岭上　　胡俊林 / 摄

从陇南西和县到兰州，400 多公里的路程，赵宣安、马国栋等 11 名电力扶贫干部已经数不清来回跑了多少趟了。

因地处大山深处，交通不便，这里还有很多老百姓没有摆脱贫困。根据甘肃省委省政府统一安排，2017 年 8 月，西和县大桥镇的五个贫困村被确定为国网甘肃省电力公司的定点帮扶对象，11 位扶贫干部先后驻扎在这里。

一

陇南山多，植被茂盛，景色宜人。但特殊的地形地貌造成了这里交通不便、信息闭塞，人们观念保守落后，一些县还处于深度贫困状态。

山色青翠，翠色欲滴。一山挨着一山，一峰连着一峰。人在山中，山在画里。山路弯弯，盘旋往复，直上云霄。

汽车在大山之间蜿蜒的窄道上拐来拐去。这山路，又何止十八弯！

车在山里转了约莫一个小时，就到了青岗岭——电力扶贫干部驻地大桥镇李坪村。这是一处农户的四合院。几名驻村队长都瘦了，黑了，山里的扶贫生活多了一层风霜和尘土味儿。他们走村串户、风吹日晒，他们的皮肤黝黑、粗粝，他们戴着农村常见的草帽，穿着布鞋，站在院前，不细看，真和当地村民一个模样。

国网甘肃省电力公司向五个扶贫村各派了一名驻村第一书记兼帮扶工作队队长。马国栋、赵宣安、刘海峰、王永攀、谢海亚分别负责李坪村、韩河村、王山村、小山村、郭坝村的帮扶工作。李坪村处于几个扶贫村的中心，交通相对便捷，他们就都住在李坪村。四合院的一间上房是他们平时休息、工作的地方。房间不大，挤挤挨挨，几个搭着蚊帐的大炕、一张桌子、一台电脑、一台打印机，将房间占了个满满当当。

每天早上天刚亮，五人就要步行前往各自联系的村开展工作，晚上再回到这里一起做饭、吃饭，梳理白天的工作情况，向当地政府上报各种材料和报表，每每躺下休息已到了后半夜。

二

天气晴好，正在修建的“富民产业路”从山脚绵延而上。原本尘土飞扬、疙里疙瘩的狭窄土路如今变成了平坦宽阔的水泥路，汽车可以直接开到山顶。花椒产业种植园紧挨着马路。站在路边，一片接一片的梯田尽收眼底，密密麻麻的花椒树长势喜人，许多村民正在开垦荒地。

以前，李坪、王山、郭坝三个村的村民上山耕种基本靠驴驮人背。下雨天，弯弯曲曲的羊肠小道泥泞不堪，村民出行困难。山上道路不便，村里的特色花椒种植面积小；收购花椒的商贩觉得路远崎岖，也不愿意来。村民眼睁睁看着红艳艳的花椒变不成现钱。

为了修通富民产业路，马国栋早上六点半起床，每天上山一趟，来回步行七八公里山路。上坡、下坡，腿都要跑断了，但谁也没听见他喊一声累。身上穿件牛仔蓝的工作服，头上戴顶草帽，穿双布鞋或是胶鞋，他就去了山上。他眼里盯的是修路的进展，心里盘算的是怎么帮村民发展花椒产业。

青岗岭风貌　　胡俊林／摄

修建这条富民产业路，赵宣安主动和施工队一起劳动，刨土、铲石、挖沙，驾驶农用车运送砂石。一天近十个小时的体力劳动，多日下来，他嘴唇裂开了血口子，脸上晒脱了皮，手上磨起了茧。在他们的带领下，一条宽阔的公路终于修好了！公路沿着青岗岭贯穿三个村，使村连村、户连户、地连地，从山下直达山顶，这不但解决了老百姓的出行问题，更是拓宽了老百姓的致富渠道。有路不愁运输和销售，紧接着，几个村开垦600亩荒地种花椒，很快就增加了村民的经济收入。

三

赵宣安，从事扶贫工作近五年，与6个贫困村的村民结下了不解之缘。

2015年7月，赵宣安第一次驻村扶贫，担任临夏回族自治州永靖县王台镇永乐村驻村第一书记兼帮扶工作队队长。两年后，国网甘肃省电力公司要派遣处级干部到西和县大桥镇韩河村驻村帮扶，刚刚结束永乐村帮扶工作的赵宣安没有丝毫犹豫，再次向国网甘肃省电力公司党委请缨：“我有帮扶经验，我能够更好地开展工作。”他再次离家来到山大沟深的陇南，到韩河村开展帮扶工作，同时担任国网甘肃省电力公司扶贫办驻村工作前线指挥部负责人。

驻永乐村期间，赵宣安发现冉显光家是永乐村最贫困的一户。土坯房子破败不堪，冬漏风，夏漏雨，屋里连个下脚的地方都没有。冉显光的母亲高位瘫痪，常年卧床不起，他的女儿冉金红初中刚毕业，儿子患有严重的癫痫，家里一刻也离不开人。这个家庭很难，地方政府帮扶多年仍不见起色。

赵宣安千方百计为冉家量身定制了“精准滴灌＋爱心帮扶”的多模式融合脱贫方案，并积极寻找社会力量对他家开展全方位救助。赵宣安帮冉显光家建了新房，布置了家具、挂了窗帘、铺了地砖，还拿出2000多元资助这个新家。

弟弟连续几日病情发作，家里无钱医治，冉金红看到父亲躲在羊圈里哭，就决定辍学打工，帮父亲减轻压力。冉金红给赵宣安打电话询问打工的事。这个在贫困生活里挣扎的淳朴少女年龄和自己女儿一般，却过早地品尝了生活的艰辛。赵宣安心痛无比，说：“不要操心学费的事，争取考个好大学！其他的事，叔再想想办法。”

赵宣安又重新思考冉家的脱贫问题。“我个人能力有限，但我会联系我的单位和更多的好心人，帮你女儿完成学业，找爱心医院为你儿子治病。”这是他对冉显光的承诺。

一诺千金。在驻村帮扶之前，赵宣安担任刘家峡水电厂工会主席，曾发动职工组织成立了爱心协会，开展扶危助困活动。这时，他联系到爱心协会，帮扶冉显光家渡过难关。赵宣安又鼓励冉金红刻苦学习，用知识武装自己改变命运。

八个月时间，冉显光家发生了翻天覆地的变化。赵宣安积极为他家的农产品寻找销路，联系社会各界爱心人士认购他家产的土豆、胡麻油，仅这一项就为冉显光带来近1万元的收入。2016年，永靖县委县政府将永乐村作为永靖县西山地区精准扶贫、精准脱贫典型示范村，通过空中广播宣传和推广先进工作经验。赵宣安获得临夏州帮扶工作先进个人称号。

离开永乐村后，赵宣安一直关注着冉显光家。

“叔，我考上兰州财经大学的长青学院了！”2018年，刚刚考上大

学的冉金红将好消息第一个告诉了正在陇南山沟沟里扶贫的赵宣安。赵宣安很激动："金红呀，你是个争气的好娃，叔真为你高兴！等下次叔从陇南回来，去看你。在大学要好好学习，珍惜机会。"

就在这一年，赵宣安的女儿莹莹也考上了大学。女儿和冉金红双双被录取的喜讯让这个一心扑在扶贫工作上的汉子激动万分。入夜后，漆黑的山坳里，赵宣安久久难以入眠。两年来，他根本无暇顾及女儿的学习，只是偶尔打个电话为女儿鼓劲。他对女儿充满愧疚，但也由衷地为女儿骄傲。

四

韩河村，地处高半山区，距离西和县城60多公里，距离大桥镇也有25公里，山大沟深，条件艰苦。全村五社80户380人散居在山沟峁梁的20多处地方，贫困率达59%。

来陇南之前，国网甘肃省电力公司相关负责人再三叮咛：驻村干部要多管齐下，把国家的各项政策落实好，让老百姓得到更多实惠。

从大桥镇到农户家，有的步行走山路才能到达，有的骑摩托车也得一两个小时，且大都是陡峭难行的羊肠小道。遇到雨雪天气，道路泥泞湿滑，他们根本没法出门。

刚到大桥镇，赵宣安每天都要越过险峻的沟壑山坳，挨家挨户走访农户，详细了解村情社情户情。5个社的贫困户，他用了整整半年时间才走访完。

了解完村里情况，他心里沉甸甸的，在扶贫笔记上写下：

大桥镇韩河村村民居住得七零八落，整个村自然条件很差，山岭沟壑似乎都处在不稳定之中。

我走访了47户贫困建档立卡户。一社21户住得最远，连日降雨，泥石流、山体滑坡，导致仅有的山路也中断，车辆无法到达。

五社条件更差，只有8户人家，自山下沿着沙土路上行，体力好点的快走也得40分钟。

小康路上，一个都不能少。这样的状况，如此薄弱的基础，改变谈何容易。

看村民飘忽不定的眼神，我们更要有异常坚定的信心！

韩河村建档立卡贫困户 47 户 239 人，赵宣安多次入户走访，明确了“一户一策”，确定帮扶责任人，商量脱贫致富的法子。

早上六点多赵宣安就要出门，出发前带个大饼拿袋咸菜。到了中午饭点，大饼咸菜就着老乡家的一碗白开水就是午饭。有时，实在拗不过老乡的好意，他偶尔在老乡家吃顿便饭，但每次都态度坚决地支付了伙食费。家家日子难过，不过是碗酸菜糊糊、洋芋面片罢了。饭菜简单，农户对这个第一书记的情意却深。

刚开始，赵宣安看到了贫穷，也看到了村民的不信任和排斥：“你们能干什么？”

“王占玉不好打交道，我们村干部都头疼。”韩河村村委会的人评价王占玉。赵宣安去他家里，他总是一副不理人的样子，问什么话都不回答，要么就来一句“问了没用”。王占玉对帮扶干部有抵触情绪。

一次，赵宣安走访，刚好碰到王占玉在修房子，赵宣安就主动帮忙搬石头，搅拌水泥、沙子，一边劳动一边聊天。王占玉被触动了。王占玉告诉赵宣安，他年轻时就出去打工，16 岁时曾背着背篓到陇南武都地区去卖货，一件货物能赚一毛钱，生活是一点一点吃苦挣出来的。现在，王占玉的两个儿子已经长大，一个 20 岁，一个 18 岁，都在外面打工，按说生活应该好起来了，但小儿子有病经常住院。“两个儿子大了，家里花销大，孩子一次住院，就把我变成了彻底的贫困户，翻身难啊！”面对生活压力，王占玉欲哭无泪。

赵宣安告诉王占玉，以后他家的情况可以走新型农村合作医疗。赵宣安第二天帮他联系了 20 箱土蜂养殖。从养殖技术到帮忙销售，赵宣安为王占玉家提供的是链条式的帮扶。2018 年冬天雪多，蜂蜜产量低，赵宣安又买了大袋装的白砂糖帮王占玉解决蜜蜂过冬难题。

五

没有产业，脱贫就没有希望。在大桥镇，贫困村脱贫的关键还是产

业扶贫。几名扶贫干部一边思考，一边摸索不同的产业发展道路，提出各贫困村脱贫攻坚规划，并鼓励村民加入合作社发展产业，以“公司+村集体+合作社+农户”的形式拓展大桥镇的产业扶贫之路。他们计划五个村实现整村脱贫后，再用一年时间初步建设美丽乡村，并提出生态扶贫发展建议。

羊肚菌很娇气，对生长的土壤，空气的温度、湿度和通风都有严格的要求。为了解羊肚菌养殖技术，赵宣安上网查阅相关资料，并请来专业技术人员分析羊肚菌养殖土壤。一寸连着一寸地改良土壤，他像个普通的农民一样耕地、育苗、栽种，在大棚里放上温度计和湿度计，时刻监测，白天晚上轮流派人看守大棚。

眼看着一个个幼嫩的绿芽从地里探出头来，村民也仿佛看到了致富的希望。谁知道一场突然而至的秋霜，一夜之间打蔫了所有幼苗，眼看着就要成型的羊肚菌终止了生长。大山里冬雪飘飘，他们却毫不气馁，不光给羊肚菌搭起了大棚，给羊肚菌生起了火炉，还在地头搭起了帐篷，每晚都有专人在帐篷里值守。

第一批羊肚菌终于培育成功了！赵宣安和韩河村的老百姓甭提多开心了！

青岗岭片区三个村以花椒为主导产业，韩河村以养殖珍珠鸡和土鸡为主，辅助发展中蜂养殖和羊肚菌、太子参、青蒿种植产业；小山村以养殖中蜂和羊为主，发展纹党、乌龙头种植产业；王山村养羊；郭坝村修建两座蔬菜大棚种植蔬菜；李坪村建成一级合作社，购置花椒色选机、烘干机。“五个村，捐赠设备实现了资源共享，这种现代化农业种养殖扶贫产业链条发展模式值得推广。”中国农业大学教授井天军考察五个贫困村的帮扶情况，对这种产业扶贫模式赞不绝口。

六

最让电力扶贫干部自豪的是，他们驻村后村里人的变化，特别是他们的思想和对待生活的态度发生的变化。

韩河村很多人连自己居住的那座山都没下过，去的最远的地方就是大桥镇。交通不便，信息不通，他们不知道外面的世界是什么样子。电力扶贫干部刚来的时候，他们认为这几个人也就是走个形式，并不怎么搭理。甚至有人不愿脱贫，认为脱贫了就没有慰问品这些好处了。还有人对孩子上学不关心，村里有 4 个孩子辍学在家，赵宣安就挨家挨户去劝说，最后孩子们都复学了，家长也保证要让孩子完成九年制义务教育学习。

国网甘肃省电力公司董事长叶军帮扶的韩河村三户贫困户生活最困难。有一户家里有七口人，男主人叫杨开飞，一个老父亲，两儿两女。14 岁的儿子杨随鹏上学要走 25 公里山路，他不爱学习，经常逃学去玩。有时，杨开飞把他送到学校，还没回到家，杨随鹏却先到家了。叶军入户走访时，给三家的娃娃都送去了台灯、书籍等学习用品，还专门给杨随鹏做思想工作："一定要上学，一定要走出这个山门，你会看到外面世界的精彩!"得到了关爱和启发，渐渐地，杨随鹏有了变化，开始主动去上学了。

几个村平时邻里关系还算亲和，但经常会为一些鸡毛蒜皮的小事闹矛盾。有的农户把柴油灌到另一户的旱井里报复，扶贫干部帮着找人将水抽出来，将两家人叫到一起做工作，缓解矛盾，不偏不倚。电力扶贫干部说话做事总让人心服口服。后来，当地政府有需要协调的村民纠纷和矛盾，也会请他们出面帮忙。

西和县县委常委王小元在很多场合谈起赵宣安等电力扶贫干部，都会跷起大拇指，认为电力扶贫干部"心里装着村民，是老百姓的贴心人"。这是他发自肺腑的话，这样的感受就像脚下的土地一样真实，让人踏实。

如今，大桥镇几个村的一系列富民措施得到落实，村容村貌逐步改善。电工培训、公益救助等扶贫举措还改变了村民的精神面貌。农网建设与改造的巨大投资更是为山乡脱贫带来更大的发展动力。

电力扶贫干部跋山涉水而来，从慢慢听懂当地方言开始，他们一边学习一边劳动，一边筹划一边行动。他们学会了当羊倌，学会了养鸡并给贫困户当起了技术指导。他们修路时能开农用车，为升级村里电网还兼当线路工拉电接线。他们帮助农户拆破房，帮着和泥、砌墙，建新房。他们和施工队伍一起铲石、拉沙，将往日颠簸难行、尘土飞扬的羊肠小道修成了平坦的村组水泥路。他们翻山越岭，涉水过河，走出一脚

泥，走烂一双双鞋，走出了一条帮助贫困村脱贫致富的幸福之路……

国网甘肃省电力公司扶贫干部把党和国家的关怀送到百姓的心坎上，为他们带来了福祉和光明，深受百姓的欢迎和称赞。

七

2019年暑假，莹莹回到家，赵宣安看到更加懂事、成熟的女儿，不禁想起了冉金红，想起冉显光一家。

周末，赵宣安从陇南回到兰州，准备参加为期一周的干部培训。

青岗岭中的村庄　　胡俊林／摄

"走，陪爸爸到永乐村看看去。"赵宣安对莹莹说。虽然换了扶贫点，但那个倾注了自己满腔热血和真情的地方，赵宣安依然记挂在心。

镇子上"为人民服务"几个鲜红的大字鲜艳夺目，国网甘肃省电力公司捐献的爱心书屋为镇子增添了一丝书香，当年帮老百姓建造的牛羊养殖圈舍还和以前一样。蓝色天空下的蓝色大河，红色旗帜里的红色基因，依然令他激动不已，在这里的每一天每一刻依然历历在目。

带着米面油，赵宣安和女儿一脚踏进冉显光家的新院子。惊喜、诧异，冉显光激动得不知说什么才好，紧紧握住赵宣安的手不愿松开，说："恩人，你还记得我啊！"冉金红从屋里掀开门帘跑了出来说："赵叔叔，你来看我们啦！"兴奋、羞涩、紧张，种种神情在女孩儿的脸上接连闪现，眼泪花花也在少女的眼眶里打转转。

生活的担子轻了，冉显光的气色也比以前好了。他告诉赵宣安，他家是二类低保户，三口人每月有 930 元的低保金。永靖县今年全县脱贫。等三年后女儿大学毕业工作能挣钱了，家里的生活又会发生大变化。最近，他还打算带儿子去看病，如果病情能好转，家里就增加了劳动力。从冉显光家出来，赵宣安掏出手机，开始四处打电话为冉显光的儿子看病筹集捐款。

生活不易，但只要有人记挂和惦念，日子一定会越来越好。

夕阳西下，青岗岭一片金色。阳光洒在一座座村舍砖红色的屋顶上，穿过一缕缕炊烟，勾勒出极富美感的图像，让这个小山村显得格外祥和。

藏东山谷里的村庄

✎ 袁宁廷

易地搬迁到贡觉县相皮乡的村庄　　袁宁廷 / 摄

西藏昌都，横卧于藏东红色山脉间，素有“藏东明珠”之称。约在 2.1 亿年前，在青藏高原形成演化的过程中，由于板块运动，北羌塘地区、喀喇昆仑山、唐古拉山、横断山脉脱离了大海，藏东地区率先成陆。地质学上把这段高原隆起的构造运动称为喜马拉雅运动。藏东山脉丰富的铁元素经过岁月的荡涤和氧化，造就了昌都的红色土地。到了昌都，随处可见的便是泛着红色或偏红棕色、紫红色的山脉和土壤。一眼望去的红，令人双眼迷醉。在拉萨，人们常说，但凡见到有车身车轮落着红尘，那定是从昌都风尘仆仆而至的。

三岩片区为什么落后

世上没有人喜欢贫困，也没有人喜欢饥饿和衣不蔽体，除非是自虐狂。从某种意义上说，人类发展的动力就是摆脱贫困。过去的三岩人，自出生就不曾离开贫困落后的三岩。三岩地处西藏、四川交界处，深山峡谷丛结，东部大致包括今天四川省白玉县和巴塘县的部分地区，西部为今天西藏自治区贡觉县三岩办事处和芒康县的部分地区。

国网西藏电力有限公司第一批三岩片区驻村工作队队长尼玛江村向我讲述了“三岩”的由来和当地民俗。2011 年 10 月至 2012 年 10 月，他在贡觉县沙东乡阿香村驻村时，和附近各村上了年纪的老人攀谈，详细了解了这里的情况。

贡觉县三岩人的历史按家谱可以追溯到六七百年前。中华人民共和国成立前，这里是“几不管”地区。三岩人被地方色彩浓厚的严密组织“帕措”和族法家规约束着。藏语中“帕”指父亲一方，“措”指聚落之意。“帕措”指“一个以父系血缘为纽带组成的部落群”。帕措既有氏族的特征，又有部落的职能。三岩的帕措被称为“父系原始文化的活化石”。

尼玛江村初到三岩，发现当地人家所有的家务、农活以及重体力劳动均由妇女承担，男人们平日里无所事事。谁家的男人要是干一点活，都会被整个帕措的人耻笑。三岩的女人们也以不让自家的男人干活为荣，她们普遍地不到 30 岁就被繁重的体力劳动压弯了腰。女人们在路上遇到男人，要谦恭地弯腰低首退避在路边，在家里只能侧身而坐，吃饭也不能和男人同桌。尼玛江村认为，三岩的落后归根结底是因为贫困，贫困导致了落后，落后到“里面”的人不愿和“外面”的人沟通交流。在三岩人的认知中，生活就应该是这样，这是祖祖祖辈辈留下来的传统。

2011 年 10 月开始，按照国网西藏电力有限公司党委的要求，昌都供电公司安排驻村队员进驻贡觉县沙东乡的阿香、布堆、果麦三个村。到 2019 年 1 月，三个村易地搬迁后，驻村点轮换至贡觉县莫洛镇的插拖、爱玉、帮错三个村。至今，国网西藏电力有限公司累计派出 9 批 57 名驻村队员。

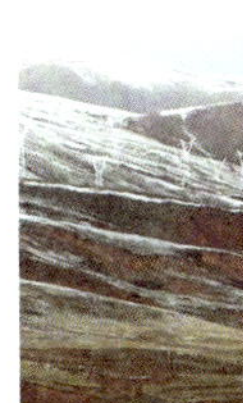

让五星红旗飘扬在三岩

2011年，昌都供电公司第一批驻村工作队来到阿香、布堆、果麦三个村的时候，这里的手机信号只覆盖到乡政府所在地。队员们到了村里，想和外界联系就得顺着山谷斜坡走到谷底的金沙江江畔，手机才能收到江对岸四川省的信号。那一年，尼玛江村跑了十多次昌都的通信公司，以村委会、驻村工作队的名义要求能在阿香、布堆、果麦三个村中间修一个通信基站。最终，他还是通过私人关系找到在通信公司工作的老同学才解决了此事。

尼玛江村和第一批驻村工作队的九名队员抵达驻村点时，正值深秋。三个村都有村委会，但布堆村村委会没有住的地方，果麦村村委会墙体有裂痕成了危房。驻村工作队与乡政府沟通后决定，三个村的驻村队员都住在阿香村。副队长泽成平措告诉我，到了阿香村驻地，他们才发现村委会的五间屋子里堆满了村民们的生产工具和杂物。村委会和村民只同意腾出一间不到20平方米的屋子。十名队员和司机只能在那间屋子里打地铺。

驻村队员帮助村民在屋顶悬挂国旗　　西藏昌都供电公司供图

2011 年 10 月，国庆节刚过去不久，昌都市委常委、贡觉县县委书记扎西来调研，发现三岩片区的各村看不见一面国旗。之后，沙东乡政府交给驻村工作队的第一项工作任务就是让各家各户把国旗都升起来。工作队为三个村 132 户村民和三个村委会购买了 135 面国旗。

三面国旗率先在三个村的村委会屋顶上升了起来。一天早上六点半，队员们吃过方便面后就分成五个组，开始挨家挨户发国旗。走到天黑，他们才发完了 132 面国旗。可是，村民们收下了国旗，并没有将国旗升起来。尼玛江村让队员们反复去劝说村民，村民如果回答自家没有旗杆，他们就亲自去给村民制作旗杆。为了让每家每户都把国旗升起来，驻村队员往返多次地劝说："升国旗是爱国的举动，升国旗是对祖国的认同。"接着，他们先后三次入户开展爱国主义教育活动。

2012 年藏历新年前，三个村的村民全都挂起了五星红旗。5 个月时间，在这红色山谷里的三个村庄，135 面五星红旗高高飘扬在高原的蓝天之下，飘扬在了三岩人的心中。

驻村"钉子户"成了村民心中的英雄

驻村队员周小飞从 2011 年开始累计在阿香村"蹲"了 4 年，是驻村最久的一个，村民和队员都亲切地称他为驻村"钉子户"。周小飞参加了第一批、第四至第六批驻村工作队。

周小飞在阿香村驻村，对村里的一草一木都十分熟悉。谁家孩子要上学了、谁家母牛怀孕了……他都了如指掌。谈起为何要多年驻村，他总是憨憨地微笑回答："有感情了！"1982 年出生的周小飞是四川彭州人。这位 2009 年入党的"80 后"给我的第一印象是憨厚。同为"80 后"的我，在与并不善言谈的他交谈了 10 分钟之后，就从他身上看到了我们这一代人共同的一个特质——不甘于平凡与平淡，追求自我价值的实现。他说："2011 年刚到村里，没有电，没有水，没有手机信号，有一种与世隔绝的感觉，可是渐渐地我和阿香村有了感情。"

2016 年初夏的一天，草场刚刚泛绿，村民们都在地里劳作，阿香村静悄悄的。周小飞没有像往常一样到地头帮助村民耕地，而是在村委会整理资料。做完手头工作后，他舒展了一下筋骨，猛然想到村民都不

在家，别有什么不法分子趁机干坏事。于是，他拿起一根木棍，哼着“大王叫我来巡山”的小调到村子里转悠。

就在周小飞“巡山”的时候，村委会旁一户人家的灶台边坐着一名悲伤的女子。她叫拉姆，是村民顿珠贡布的媳妇。就在刚才，因为一点小事争吵过后，顿珠贡布对她举起了拳头。虽然拳头没有落到她身上，但丈夫盛怒之下恶毒的话语、扬起拳头的样子以及摔门而出的背影都让她悲伤不已。

拉姆嫁给顿珠贡布后，一直任劳任怨地操持家务，丈夫却因一点琐碎的小事这样对她，她越想越伤心。她鬼使神差地拿了一大瓶止痛片，眼中含着泪想：“既然你顿珠贡布不心疼我，我就让你看看没了我咋办。”之后，她吞下了大半瓶止痛片。

在村里挨家挨户巡查，周小飞帮没有关好门的村民掩上房门，驱赶四处乱窜的野狗。他越走越渴，走到了顿珠贡布开在村委会旁边的小卖部，敲着窗边喊：“拉姆美女！买水。拉姆美女！买水。”敲了几次都没人回答，周小飞心中奇怪：拉姆除了进货一般不出门，今天这是怎么了？他用力推开小卖部的窗户将头伸了进去，一眼看见拉姆倒在灶台边口吐白沫不停地抽搐着。

情急之下，周小飞从小卖部的窗户一跃而入。尚未完全陷入昏迷的拉姆痛苦地看着他。周小飞看见她身边倒着半瓶止痛片，大致明白了是怎么回事。他急忙拨打了顿珠贡布和驻村工作队驾驶员的电话，简要说明情况，然后焦急地等他们。此时，拉姆身体的抽搐开始减慢，意识越来越模糊。想到从村里到贡觉县医院还有近 100 公里的烂路要走，周小飞知道不能再等了，他必须做点什么。他脑海中突然冒出背过无数遍的《电力安全生产管理规程》。灵光乍现，他迅速拿来筷子和凉水准备催吐。但此时的拉姆已神志不清，牙关紧咬，筷子都伸不进嘴里去。周小飞也不管拉姆是否能听懂汉语，大声喊：“张开嘴！张开嘴！”他直接用手掰开拉姆的嘴，把手指伸进去，触喉催吐。拉姆无意识地咬紧牙，直到周小飞食指被咬得鲜血直流，才“哇”的一声张开嘴，吐出一口类似药片和胃液混合物的东西。周小飞立马往拉姆嘴里灌水，手指不停地伸进拉姆口中继续催吐。吐了四五次之后拉姆开始好转。这时，驾驶员和顿珠贡布匆忙赶到，几人快速将拉姆抬上车。

到医院后，周小飞不忘将自己拿了一路的小半瓶止痛片交给医护人员。经历灌肠、洗胃等抢救措施之后，拉姆终于脱离了危险。在周小飞的劝说下，小两口重归于好。周小飞也因这件事成了队员和村民心目中的英雄。

在驻村工作队帮扶下脱贫的孤儿

藏语是藏族人通用的语言，所有涉藏州县都使用同样的藏文。但在口头使用中，不同区域有不同的藏语方言，各方言间又不互通。驻村工作队 2011 年刚到村里时，即使超过半数队员是藏族人，可和当地村民沟通依然是一件很困难的事。

泽成平措告诉我，驻村工作队刚到村里开展各项工作都很困难。之前，村委会在这里就相当于帕措。谁的势力大，谁就被村民选为村委会主任。驻村工作队想要顺利开展工作，首要任务就是要有“翻译”。当时才十五六岁的顿珠贡布走进了驻村工作队的视野。

顿珠贡布从小寄养在阿香村的表哥家，表哥所在的帕措排斥他。平时，他只能住在阿香村村委会堆放杂物的屋子里。驻村工作队住进村里后，他和队员们一起打地铺。吃饭时，队员们也会叫上他。顿珠贡布成了驻村工作队和村民之间沟通的桥梁。

顿珠贡布每天早上看到队员们起床后的第一件事就是洗脸刷牙，总会蹲在附近盯着看。日子久了，每当队员们洗漱，他就开始笑话他们——每天跑很远去打水，打回水以后还要烧开，然后洗脸、刷牙、洗头，在顿珠贡布看来，这是一件既浪费时间又好笑的事。泽成平措洗漱时看到顿珠贡布和村里的孩子在旁边笑自己，都会说一句：“你们笑什么，要讲卫生!”

盯着看了一个多月，顿珠贡布主动跟泽成平措说：“你们的牙刷能不能送我一支，我也想试试。”泽成平措一听，转身就叮嘱司机去县里办事时帮顿珠贡布买一套洗漱用品。两天后，顿珠贡布拿到了洗漱用品。不管是不是洗漱时间，他马上从水桶里舀了一杯带冰碴的水刷起了牙。这是他长这么大第一次刷牙，第一口牙膏沫咽到了肚子里，他把嘴里的牙膏沫都吐了，把牙刷丢到了一边。第二天早上，泽成平措洗漱

前，特地叫上顿珠贡布，手把手教他刷牙、洗脸。顿珠贡布慢慢养成了早晚洗漱的习惯。

驻村工作队入驻后，事事站在村民的角度帮他们解决困难，阿香村村民就主动把存放杂物的村委会其他几间房腾出来两间给工作队使用。驻村工作队终于不用十几个人挤在不到20平方米的小房间里打地铺了。但是考虑到顿珠贡布从小没有家，队员们决定把最大的那间房让给他，让他真正有一个自己说了算的家。队员们又去县里买了12张1.2米宽的折叠床，11张挤在两间小屋里，单独将1张摆进了最大的那间屋。

顿珠贡布有了家后，依然和过去一样一天到晚在村里闲逛。队员们想到三个村没有一间小卖部，就动手帮顿珠贡布做了两个简易货架，又去县城买了些饮料、饼干等食品，帮顿珠贡布开起了小卖部。还未成年的顿珠贡布开始自己养活自己。

2014年，顿珠贡布用经营小卖部挣到的钱在村委会旁不远处盖起了自己的房子，虽然很小，只有一层，但已是独门独户了。他主动将村委会那间屋子还给了驻村工作队。2015年，顿珠贡布在县城进货时认识了拉姆。2016年，顿珠贡布把拉姆娶回了家，并有了村里分的属于自己的草场。这意味着村里和帕措接受了顿珠贡布。

2018年国庆节期间，尼玛江村和泽成平措去阿香村慰问驻村队员和村民时，再次见到了顿珠贡布。顿珠贡布已经在村委会旁盖起了两层楼房，和拉姆有了两个孩子。尼玛江村和泽成平措看到村民家家户户都有了摩托车，就想介绍顿珠贡布去昌都俄洛桥的一家摩托车修理铺做学徒，并愿意承担顿珠贡布的食宿费用。顿珠贡布拒绝了，他说："你们的心意我领了。我从小就长在这里，已经在你们的帮助下有了自己的家。我很满足，不想离开家。2011年看你们下象棋，我什么都不懂，这些年我跟你们学会了下象棋，你俩一起陪我下一盘吧，如果你们赢了，小卖部里东西随便拿，周小飞都没赢过我呢。"说完，顿珠贡布在小卖部前支起了棋盘。这局棋，

尼玛江村和泽成平措故意输给了他。

2019 年，阿香村开始全面易地搬迁。顿珠贡布带着拉姆和两个孩子搬到了林芝的易地搬迁点，摘掉了贫困户的帽子。这年 1 月，按昌都市强基办驻村工作要求，昌都供电公司驻村工作队的驻村点由贡觉县沙东乡的三个村轮换至贡觉县莫洛镇的插拖、爱玉、帮错三个村。2019 年 8 月中旬，这三个村全部脱贫摘帽。

三岩片区受地理环境和自然资源的限制，曾是“一方水土养不活一方人”的地方。驻村队员已经在这片土地上轮换了 9 批，如今他们依然坚守，还将继续驻守在这片红色的土地上，只为帮助更多像顿珠贡布这样勤劳淳朴的村民过上小康生活。

夏季的阿香村　　西藏昌都供电公司供图

拔向天空的白杨

李晓楠

后米厂村边的蓟运河　　任永利 / 摄

津沽大地上的蓟运河环抱着大美大绿的宁河。随处望去，满眼的白杨树郁郁葱葱，挺拔伟岸。它是北方极其普通的树木，也是《白杨礼赞》里那力争上游的树，笔直的干，笔直的枝，所有的丫枝一律向上。

——题记

阳光洒在河面上，泛起层层金波，后米厂村的第一书记刘勇站在河堤上，望着远处的稻田。三年的驻村帮扶时光，一千多个日日夜夜，刘勇觉得日子就像眼前的蓟运河一般奔腾而过。

河水流向大海，刘勇的故事流进了后米厂村 683 户人的心里。曾经杂乱破败的村庄变美了，后米厂村人的生活富裕了。淳朴的村民称刘勇为“自个儿人”。即将离开，刘勇每天用眼睛抚摸村子里的街道、树木、花草和党群服务中心，心里生出了美好的愿景——后米厂村人会过上更加美好的生活，走向幸福的康庄大道。

一

2017 年夏天，意气风发的刘勇来到后米厂村，他是天津宁河供电公司派驻宁河区廉庄镇后米厂村的驻村第一书记。后米厂村建档立卡贫困户有 65 户。村民主要收入来源是种植业，而人均土地仅有 0.7 亩，村集体年收入不足万元。

脱贫攻坚是一场没有硝烟的战斗，第一书记就是指挥员。到后米厂村的第一天，刘勇就失眠了，翻来覆去睡不着。他想，第一步是要得到村民的信任，不能让他们把自己当成“局外人”，也不能荒废了三年的光阴。他想到了来村里之前单位领导和他的谈话，不能辜负组织的重托。

“帮钱帮物，不如建个好支部。”有着 4 年党支部书记工作经验的刘勇深知这句话的含义，也深知抓好基层党建是为了啥。后米厂村有 77 名党员，大多年龄偏大。刘勇头一遭家访党员户，就吃了闭门羹。李敬河是老党员，曾在开渠治水时不慎致残，一只眼睛看不见了。但他在村子里是说话有分量的人物。那天，刘勇刚到他家门口，就听到“咣当”一声。大门被关上了，门内甩出一句话：“在村子里瞎转悠啥，你们也就是雨过地皮湿，玩啥造型，到时候拍拍屁股走人，净瞎扯。”刘勇这才明白，村民看不到“光亮”，他说啥也没用了。

刘勇发现，后米厂村的人心是散的，后米厂村党支部建设迫在眉睫。

为啥很多人愿意蹲墙根也不愿到村委会来？村委会办公室年久失修，堆着杂物，屋里有一张三条腿的床铺和一张用了几十年的办公桌。刘勇筹措到 8 万元资金，将村委会翻修一新。刘勇和村里几个年轻党员着手完善了 6 项党支部制度，并全部上墙，还制作了发展理念宣传栏和党建督办任务进度展板。他完善了党员长效教育机制，并实施了设岗定责和坐班考核措施。村民有事找到党支部，党支部就有人接待，有人解决问题。这就是刘勇迈出的第一步。

刘勇的第二步是组织召开党员大会。当信心满满的刘勇站在李敬河面前的时候，李敬河又甩出一句：“靠开会就能让老百姓钱袋子鼓起来？净说些客套话，没用。”刘勇笑着说：“老同志，组织党员大会是组

织生活，另外，我们编制了五大发展规划，就是想听听您的意见，咱们村的人不比别村人差，咋就不能和他们比比呢。”在20世纪五六十年代，为了排涝，李敬河曾经连续二十多天吃住在泵站，那种艰苦奋斗的精神扎根在了他的心底。刘勇的这句话说到了他的心窝子里。李敬河爽朗地笑了：“好，我就喜欢这样的孩子，走，我要看看你们有啥高招。”刘勇和李敬河第二次交锋就擦出了火花。刘勇心想，只要大家达成共识就没有实现不了的目标。刘勇索性搬到了李敬河家住下。夜深人静的时候，李敬河就讲他年轻时奋斗的故事。刘勇将甩掉穷帽子的想法和规划说给李敬河听。刘勇慢慢体会到，不是后米厂村人思想落后，是村里缺少脱贫致富的带头人。

刘勇到后米厂村的第二年，村里选举了村支两委新班子。刘勇推荐了本村返乡人才和水稻种植能手，选优配强了新班子。“刘书记的话能说到人的心坎上。他说党支部是村里的领头雁、方向舵，村干部要快速转变思想、齐心协力地朝着一个目标奔，才能多干事儿、干成事儿。”村党支部副书记王继国感受到了村民对第一书记的信任。

后米厂村的帮扶工作同样记挂在宁河供电公司负责人的心里。宁河供电公司党委理论学习中心组成员到后米厂村调研，以“为民不改向阳心”为主题组织开展定点帮扶村开放式道德讲堂，连续组织了“守初心、讲文明、勇担当、书经典、送温暖、唱歌曲”六项活动。小小村庄一下子活泛起来，村民自发组织了秧歌队，朗朗的笑声随着蓟运河的河水飘出很远。在这样的变化中，村民的心气足了，精神好了，也渐渐感受到供电公司的帮扶是“玩真的”。

带着感情干工作会倾注满腔心血，会将村里点点滴滴的变化化为继续前行的动力。在一起工作时间长了，感情建立了，视野放宽了，廉庄镇党建办原主任单江静对刘勇夸赞有加：“后米厂村党建资料完善，学习教育落实得很到位。镇里基层党支部资料评比，后米厂村总是第一名，再也不是以前的倒数了。”

二

如今，每当傍晚，后米厂村养殖户杨春超都会坐在自家门前喝茶，

后米厂村一角　　任永利 / 摄

欣赏门前盛开的各色花朵，有时还会愧疚地对妻子谷全文说："刘勇对咱不薄，告诉孩子可别忘了，咱们就当亲戚走动。"谷全文喃喃道："当时你可没少给刘书记下绊马腿。"

"刘书记，你快到我家看看吧，水都上炕了！"2017 年夏季的一天，村民车连英边哭边向刘勇求助，这场景牢牢地刻在了刘勇的心里。刘勇横下心，想着就是"脱层皮"也要啃下修路这块硬骨头。可这块骨头啃得艰难。

后米厂村里的三条街道垃圾遍地、杂草丛生。村里还有一处 40 多年都没有治理的污水沟，村民的生活污水往里倒，垃圾往里扔，是村里有名的"龙须沟"。污水沟附近还有户人家养猪，一年四季臭气熏天。那里地势低洼，下一场暴雨，雨水就能漫上村民家的炕头。村东头三四十户人家深受其害。治理污水沟遇到的第一个难题就是资金问题。刘勇跑上跑下、多方联系，终于筹集到了资金。通过招投标后，污水沟治理工程紧锣密鼓地开始了。

首先要修建排水管道。让刘勇没想到的是，污水沟治理的第一关——路面清理就遇到了难题。后米厂村村民都有门前“占地意识”。一条马路上，东家占一块，西家占一块，大家都不愿意让出多占的地来修建排水管道。刘勇挨家挨户上门协商，动之以情、晓之以理，又吃了不少闭门羹。

“找我干啥，拆猪圈这事儿没得商量，赶紧走。”因为修路要拆猪圈，杨春超和刘勇结下了“梁子”。“你在村里养猪，街坊邻居一直有怨气，趁着这次修路咱迁出去，上面有政策，在村外建养殖场你别担心。”刘勇笑着说。被拒习惯了，拒见、拒谈都难不住刘勇。“你站着说话不腰疼，养猪是我们家的主要收入来源，不让养，我们到你家吃去。”杨春超根本不给刘勇面子。“这美丽乡村建设，总不能满大街臭气烘烘吧。再说了，村外规划养殖小区，你现在养的猪我负责帮你全部销售了。”刘勇心里明白，不够二百斤的猪卖不上好价钱。可到这个坎上了，只有排解了杨春超的难题，他才会松口风儿。谷全文接话：“你只要连大带小都给我们卖个好价钱，我们就不养了。”杨春超瞪了妻子一眼，怪她多嘴。

好不容易把杨春超的猪给卖了，刘勇刚想松口气，可猪肉价格疯了似的涨，杨春超又反悔了。他不拆猪圈了，想接着养。村里已经动工修路，马上就要修到他家门口了，全村人都眼巴巴地看着呢。

刘勇带着谷全文到村外的养殖小区绕了一圈，帮他们选好了猪舍，并答应帮着联系引进新改良的土猪崽，让谷全文回去好好做做杨春超的工作。杨春超悄悄去过养殖小区三趟后，终于拆了一直占据村中央的猪圈。

村民开始信服刘勇这个第一书记。

夏天最热的时候，刘勇每天在现场监工，早上五点左右到，晚上顶着夜色回家，前前后后忙活了 3 个多月，整个人瘦了十几斤，脸也晒黑了好多。施工人员笑称他是“包黑炭”，既要赶工期，又要保质保量，监工太严了。

北方雨季到来前，后米厂村的排水管道改造完成了，道路两旁还栽满了海棠树和杏树。2018 年春天，村里开满了漂亮的花，村民纷纷拿出手机拍照发朋友圈。

后米厂村一排排房屋前修了柏油马路。走在村里宽敞的马路上，一位大爷大着嗓门说："想当年，因为门前没有路，俺闺女结婚都是从堂叔家上的车。这是我一辈子的遗憾啊!"村民每天走在村头巷口，呼吸的空气是新鲜的，眼见的环境是整洁的，幸福感实实在在增强了。那位大爷的外孙女回到村里，看到姥爷家屋后的垃圾河不见了，屋前尘土飞扬的土路消失了。小姑娘觉得特别神奇，拿着手机拍了不少漂亮的照片说："姥爷家和城里一样漂亮，这变化像童话一样奇幻!"

"良好的生态环境是最普惠的民生福祉。民之所好，好之；民之所恶，恶之。"这是刘勇的记事本上记着的一句话。刘勇到村里干的第二件大事便是着手改善后米厂村的村容村貌。他就像一株白杨，积聚力量往上生长，散发出不畏困难的豪气和拼劲。

三

"请组织放心，我一定完成帮扶任务。"来后米厂村之前，刘勇立下了"军令状"。抱团、向上，刘勇将甘于奉献和敢于拼搏写满了帮扶日记。

刘勇干的第三件大事就是帮助贫困户。在入户摸底调研时，他关注到一类特殊群体——困难边缘户。他们大多是罹患大病丧失劳动能力的困难户，疾病的折磨让他们不堪重负，生活困难。刘勇把他们的情况统计成册。一户一策，那段时间他心里装满了这些人家的事。

村民李昆亮本是村里的富裕户，夫妻二人在县城开了家烧烤店，生意很是红火，年收入能达到 20 万元左右。可是，近几年他四次突发脑栓塞，光治病就花光了家里所有的积蓄。家庭的重担压在了妻子方玲身上。17 岁的长子多次提出要辍学打工挣钱。

"刘勇就是我的大哥，咱这辈子算是遇到了贵人。"方玲啥事都和刘勇商量，把他当成了主心骨。在刘勇的开导下，方玲走出了阴霾，发挥会炒菜的长处，做盒饭。为了尽快让方玲树立信心，刘勇给认识的人都打了一遍电话，推销盒饭。2019 年，方玲在农历腊月二十八叫刘勇来家吃饭，她炒了四个菜。刘勇和这家人一起吃了个团圆饭。那天，大雪纷纷，像是天上的祥云，祝福着这家人。刘勇的心就像窗外飘落的雪花

般纯净、洁白。

刘勇有一颗无私的心，把村里的事当成自己家的事去办。村民打心眼里尊敬他。三年上了三个台阶，后米厂村变了，人心齐了，村子就像挺拔的白杨树不断向上生长，村集体收入一年比一年多。2019 年，村集体收入达 22.7 万元。村里有钱了，就能拿出更多的资金帮扶村里丧失劳动能力的贫困户和孤寡户。

四

后米厂村水资源丰富，种植水稻已有一百多年的历史，是廉庄镇辖区内最大、人口最多的自然村。过去，村里道路狭窄，村民每年收获的稻米运不出去，粮商的车也开不进来。愿意进来收购稻米的商人压价严重，村民根本赚不着什么钱。刘勇二话不说，揽下了帮大伙卖米的活儿。

2018 年 9 月，宁河区首届中国农民丰收节——丰收宁河 · 全国大米展销会召开。伴着夜空中的星火，一脸疲惫的刘勇张罗着村支两委班

刘勇（左一）在田里和村民交谈　　王淑琪 / 摄

子成员在展销会上布置摊位，背讲解词，忙得不亦乐乎。第一天，他们卖出的大米纯利润就有5000多元。后米厂村的大米初露锋芒。

其实，刘勇早就开始张罗着改良村里的水稻种植。“我们更新水稻品种，再把名声打出去。”他请到了稻米种植专家，教村民育秧、施肥和套种，前后组织村民参加了两次水稻种植讲座。2018年，后米厂村试种200亩“长粒香”稻米，可算账后才发现“长粒香”产量低，亩产收入不理想。2019年，他们增加种植了400亩“稻花香”，并发动村里的合作社推广蟹稻混养600亩。李敬河算了一笔账，按亩产河蟹30斤计算，每亩地增加销售收入900元。

后米厂人看到了最大的“光亮”，每个人心里都是暖的。刘勇又打起了算盘。刘勇想到了宁河供电公司多年来打造的“向日葵”公益品牌，为后米厂村设计了“向日葵”蟹田大米商标，自己担任代言人。慢慢地，“大米书记”的雅号在宁河区传开了。

2018年11月10日，在央视7套《乡村大世界》系列节目《丰收中国》中，后米厂村的蟹田米作为宁河大米的一员在直播中进入大众视野。“稻花飘香迎宾客，米中精品在宁河。”宁河大米秧歌队在舞台上尽情地展示着，也让后米厂村的大米打出了知名度，打开了销售渠道。2019年，刘勇又带领大家参加了宁河区第二届中国农民丰收节。这次他们重点推出“稻田蟹”，打响后米厂村“稻蟹混养”生态养殖绿色大米、生态蟹的品牌。

“行啊，老刘，年纪这么大还懂电商销售，一点也不落伍啊。”在国网商城买了两袋“向日葵”牌蟹田大米的一名同事在微信里夸赞刘勇，直说还要多下几单。为了拓宽销售渠道，刘勇又将后米厂村大米推到“慧农帮”平台。通过这两年积攒的销售经验，后米厂村的大米销售额一路飙升。

后米厂村村民李俊杰是天津市晟汇源农作物种植专业合作社负责人。2019年年底，刘勇鼓励李俊杰采用“稻蟹混养”模式的同时，又建议村里整合30亩闲散土地承包给合作社，筹建稻谷晾晒场、稻谷储备库。仅这一项，村集体年收入可以增加1.5万元。晾晒后的稻谷价格高。等建好容量2000吨的储备库，经过晾晒的稻谷就能够囤放在库中等待销售。致富的路上，点子多了，收入就多了。

驻村帮扶的刘勇　　任永利 / 摄

爱动脑的刘勇觉得水稻种植产业太过单一，不足以支撑后米厂村长远发展，他想着要给大伙再谋个致富路。他多方奔走，搞市场调研，拟定产业项目方案，提出将村内发展产业的 200 万元启动资金投入“百利种苗”集团，采取入股经营的模式增加股金收益。村民可以到扩大经营规模的“百利种苗”集团就业，积累农业种植经验，以便将来自主发展。

盛夏的后米厂村绿树成荫，繁花似锦，最抢眼的是村北头成行蓬勃生长的白杨树。刘勇，这个 50 多岁的第一书记即将完成三年的帮扶任务，他心中装满了与这个村庄的情谊。他时常站在白杨树下远眺村庄，观瞧着后米厂村的变化。他仿佛站成了一株拔向天空的白杨。

出头石村出了头

李榕榕

位于大山之中的出头石村　　秦皇岛供电公司供图

7月20日早晨，太阳刚升起不久，河北省秦皇岛市青龙满族自治县三星口乡出头石村贫困户陶兴就已经忙碌了起来：拿着墩布，提着水桶，顺着梯子来到屋顶，细心地清洗擦拭着光伏发电板。

“这光伏板只能赶早、晚擦，日头上来了再擦影响发电。”陶兴说，他现在是村里光伏电站维保员，负责村里三处光伏发电板的维护和清洁，“我平均半个月擦一次，村里每年给我发3000元，平时还不耽误我打短工，家里一下子脱了贫。”

一

出头石村全村共有353户1071人，其中建档立卡贫困户47户173人。

“原来村民靠种玉米、外出打工过活，人均年收入约1800

元，个别贫困户甚至不到500元。”出头石村党支部书记、村委会主任陶忠说，过去村里很穷，其他地方的姑娘都不愿嫁到村里，直到冀北秦皇岛供电公司驻出头石村工作队的到来，才让出头石村摘下了“穷帽子”。

随着太阳爬上枝头，陶兴的工作也到了尾声。“咱不能耽误它工作，这是给咱挣钱呢。”陶兴说，凭着光伏发电分红，他家去年分到了近4000元，加上当维保员的工资，眼见着家里每年的稳定收入就奔万元去了。

“2016年起，我们公司先后在村里建设了三座分布式光伏扶贫电站，每户贫困户通过分红形式，年增收3000多元。”秦皇岛供电公司驻村工作队第一书记马冲说，工作队在建设好出头石村扶贫产业后，设立了光伏电站维保员、安全巡查员、道路养护员、生态护林员等十种扶贫公益岗位。“全村共有47名贫困户被安排到了公益岗位，他们都和陶兴一样有了稳定收入。”

除建设光伏电站外，秦皇岛供电公司还利用自身优势先后投资359.7万元在村里进行了电网改造，新架设10千伏线路1.36千米、新增及改造0.4千伏线路9.063千米，新增变压器7台共1990千伏安。“目前，村内供电可靠性达到99.9%，综合电压合格率达到99.8%。”马冲说。

“要不是山上通了电，我那点儿栗子树得旱死一大半。”贫困户王玉

驻村工作组帮扶贫困户发展光伏产业，助力贫困户增收　　秦皇岛供电公司供图

宝原来靠打零工过活，2016 年，听说政府鼓励发展林果种植，年过五旬的他立刻找到在外打工的侄子王雪峰，商量着爷俩合伙包山种树。

同样想回乡发展的王雪峰拿出了全部积蓄 16 万元，再加上王玉宝东拼西凑的 5 万多元，爷俩就干了起来。

成立洞子沟种植专业合作社，承包村内荒废的 98 亩果园，平整土地，购买板栗树苗 3000 余棵……树种完了，王玉宝忽然发现山上没水浇树，想用水车拉水，却没有路。“当时手里钱已经花得差不多了，如果树苗旱死，我可败大家了。”王玉宝那段时间愁得吃不下、睡不着，恨不得自己能 24 小时连轴转，背水上山。

就在那时，驻村工作队送来了“及时雨”。帮助合作社跑办手续，争取 7 万多元平整土地资金；修建一条长 1 公里的田间作业路；申请引水上山工程补助金……“老王是肯吃苦、能干事儿的人，我们帮他也是希望他的合作社能带动更多的贫困户脱贫致富。”马冲说，随着合作社发展逐渐步入正轨，村内已经有 17 户贫困户在此打工，王玉宝也从贫困户变成了村里的致富带头人。

二

“硬件”跟上去了，“软件”也不能落后。为了让板栗产业在出头石村扎下根，工作队聘请专业讲师先后开展了 5 期农作物植保员培训班，村内 40 名村民取得了国家认证的植保员职业资格证书。

在王玉宝承包的山上，一垄垄栗子树上顶着绿茸茸的“刺头”，垄间白豆、葡萄、西瓜等间作果蔬也长出果实，田间一派丰收景象，静待秋天的到来。可在几年前，要说这里能产出几十万元的经济作物，别说村民，就连王玉宝自己也不相信。

“工作队来之前，村里连 10 亩板栗树都没有，现在已经发展到 500 多亩了。”王玉宝说，虽然现在板栗还没产生经济效益，但他相信，等进入盛果期后，出头石村的栗子一定不愁卖。

王玉宝的信心从何而来？

“我们村电力配套好，山上水能保障，栗子质量就好，况且我们还有电商平台呢。”陶忠说，秦皇岛供电公司与市扶贫办、秦皇岛秦旅智

在驻村工作组的帮助下，出头石小学校园环境得到很大改善　　秦皇岛供电公司供图

慧旅游有限公司合作，打造出“线上 + 线下”消费扶贫新模式。

“我们在线上通过国网‘慧农帮’设置‘秦皇味道’专区，线下设置‘秦皇岛礼物’体验店，整合全市扶贫农产品，打造‘出头石’冀北扶贫品牌。”秦皇岛供电公司营销部主任焦东翔说，目前该公司通过线上线下双渠道推广 5 大类、40 多种扶贫产品，产生有效订单 6320 单，产品远销陕西、江苏、福建等地，累计销售收入达到了 119 万元。2018 年，出头石村加入国网“慧农帮”电商平台，2019 年开始初见成效，村集体总增收近 5 万元。

“今年疫情期间，电商平台太给力了。”陶忠说，受疫情影响，村里小米、核桃、鸡等农畜产品严重滞销，通过电商平台，滞销产品销售额达 13 万元，给贫困户带来了脱贫致富的信心和动力。

因显著的帮扶成效和优异表现，工作队荣获了河北省扶贫脱贫先进驻村工作队荣誉称号，成为秦皇岛市唯一获奖的央企扶贫工作队。

如今，靠着光伏发电分红、种植产业发展、“互联网 + 精准扶贫”新模式，村民走上了幸福小康路，出头石村贫困户年人均收入达 8000 元以上，较 2016 年翻了三番，让以往只能靠天吃饭的传统农民转变成为依靠种地拿酬金、分红拿股金、打工拿薪金的“三金”农民，出头石村终于出了头。

张二的人生高峰

周英英

张二维护自家屋顶光伏　王帅 / 摄

一

张二是地地道道的山里人。

他在山西省偏关县新关镇营盘梁村生活了七十多年，他的人生就烙印在了那里。

丘陵起伏，沟壑纵横，营盘梁恰如一片树叶飘落在大山中的一块平地之上，朴素简约。2014 年，营盘梁被当地政府识别为贫困村。

每天，当寂静的村庄被第一声清脆的鸡鸣唤醒，张二就睁开眼睛摸黑将宽宽松松的衣裳套在自己瘦瘦小小的身上，再擦把脸，喝口水，牵着驴，向他家的 40 亩庄稼地走去。

当太阳终于挤出喜笑眉眼时，张二踏着青草，打着露水，迎着晨风，恰好也赶到了地头。在一团橘红色的霞光里，他开始了一天的劳作。除草，间苗，施肥……他的勤劳就像那抹晨光，越来越亮，越来越壮，饱含着对生活的希望。

日上三竿，他才满意收工回家，急匆匆吃罢饭，又开始新一轮的忙活。他什么苦都能吃，什么活都肯干，如陀螺一般直忙到夜幕深沉。月牙儿高高挂上枝头，星星开始调皮眨眼，一个穿梭于草丛中的人影才慢慢向一孔亮着光的窑洞挪来。

张二辛苦了一辈子，靠土地过活，后来因肩膀和腿受伤，留下残疾，成了村里的贫困户。

张二念过几天书，再加上实诚、勤快，又有想法，20 世纪 70 年代担任过营盘梁村的村主任。他对营盘梁充满了感情。张二是个明白人，当年，是村民对他的信任和期望才让他有了全村最有威望的头衔。当时，他激情澎湃，像一座正在酝酿、将要喷发的火山，他觉得那时候他处于人生高峰，不能愧对村民的信任。他应该大展宏图，应该大有作为，应该尽自己所能，让村民吃饱穿暖过上好日子。

张二知道民以食为天，就一门心思领着村民好好种地。他浑身有使不完的劲，他让村里的粮食连年增产。但是，这些年，生活水平高了，村民的观念和生活方式变了，越来越多的人都离开了土地奔向城里，找寻他们向往的致富路。

张二希望村民们生活好，巴望营盘梁变化大，但眼见着留下来的村民每天紧紧凑凑、勤勤恳恳劳作，生活却依然原地打转。

他觉得自己越来越无能为力，他感到沮丧，他一筹莫展，这样的人生高峰如磨碾，碾得他心痛。于是，他让更有闯劲的年轻人担任主任，让更有能力的人带领大家过上他们想要的好日子。但是，时光蹉跎，这些年过去了，营盘梁变得越来越萧条，越来越孤单。到 2014 年年初，由营盘梁、柏坡和幸庄子三个自然村组成的营盘梁村，全村 138 户 345 人，初选建档立卡贫困户 66 户，贫困人口 151 人，贫困发生率 43.67%。

想到这儿，张二干瘪的、满是褶皱的脸上，一双黑洞洞的眼睛便浑浊、模糊起来。张二倔强了一辈子，不想让人看到这一切。于是，他即刻用手在脸上抹一把，还将这个动作归咎于这里的风，是风吹眯了他的眼。

是啊，这营盘梁的风啊，一年四季在这里打转，也把一些好政策吹到了这里，但总也吹不透，吹不澄澈。这些年，落入他耳朵的是孤独、无助的声音。

二

2017 年 8 月 5 日，崎岖山路上驶来一辆车，张二眯着眼睛死死盯牢这辆车。这个稀罕疙瘩会是谁家的呢？他一边思忖，一边起身，匆匆拍去身上泥土，重新戴好鸭舌帽，背了手，跺了脚，向汽车驶来的方向走去。

张二直勾勾看着开车门下来的人，若有所思地问："这是谁家小子？出息了。"他干巴巴的脸上洋溢出羡慕而又讨好的笑容。"大爷，我是电力公司派来给咱村和高家上石会村扶贫的，我叫李建生，以后就在咱这儿的驻村扶贫工作队工作，吃住都在这儿。您老多多支持，叫我建生就行。"张二看那后生浓眉大眼，鼻梁高挺，表情真诚，说话亲和，还和聚过来的老乡都握了手。

这时，张二满是褶皱的瘦条脸上挤出了一堆似笑非笑的表情，复杂且耐人寻味，有不屑一顾，有满腹狐疑。他嗫嚅着说："俺都大半截入土的人了，经见得多了，又来瞎折腾。"这话低低沉沉，犹如闷钟作响，但别人未必听得到。

显然，他对驻村扶贫工作队的工作并不看好。此时，金色的太阳被变幻身姿的云朵遮住了半张脸，光线忽明忽暗，一阵风过，卷得一人高的荒草"呼啦啦"地响。

什么帮扶、什么扶贫？以前也闹过，可顶不住雷声大雨点儿小，雨过地皮湿不透，有甚子希望哩。风凉飕飕向张二吹来，阵阵凉意聚拢。他扭过身子，一阵风似的去忙庄稼活了。可他心里似鼓了风，七上八下，不由自主咂摸着这些年的酸甜苦辣。

他倒要看看这后生能做些什么？

如此一来，张二便将他深邃的目光悄悄探向了一个人，那个国网山西省电力公司叫李建生的后生。听说，他是营盘梁村第一书记兼扶贫工作队队长。

他瞅见那后生还真是忙活，先是领着扶贫工作队队员粉刷驻地的窑洞、围墙，在大门两边做了宣传墙，安置了高音喇叭，播起了扶贫政策。接着，那后生又天天往村委跑，风风火火，马不停蹄。

十几天后，冷锅里长热豆的事竟然发生了：李建生硬是把他从谷子地追到了家里，送来了米和面，还带来了一个令他惊讶的消息。

“您就是张二大爷吧，找您老说点儿事，您老是个明白人，我一说您就懂。”后生笑起来眼睛弯月一般。后生说，国家电网有限公司按照党中央的部署，制订了“2018—2020 年国网阳光扶贫行动计划”，实施国家光伏扶贫项目接网工程……张二听说过光伏，但对这个还是痴痴茫茫、云里雾里。他眉头蹙成一团。这时，后生也觉得自己说得有点太专业，就一改语调，简洁明快地说，扶贫工作队要给他家屋顶装光伏，以后就能产生稳定收益，帮大家脱贫。

日月穷，不能穷了心，张二也想让生活有所改变，只是看自家那几间破屋，虽不展油活水，但全凭它们挡风遮雨。他担心那些板板压在屋顶上，折腾得屋子漏雨，最后搞得屋子不结实，这绝对是万万不能的，那几间破窑是他的全部。张二迟疑了半天，吞吞吐吐地说：“后生，你们的好意俺老汉心领了，依俺看那光伏还是不用装啦，公家这便宜俺想占也占不上，就怕俺这屋顶吃不住。”他这一肚皮的心事总算是一吐为快。

李建生给他实实在在算了一笔账。只要在他家安装 4 千瓦的分布式屋顶光伏，一年收入的电费和补贴就有 6000 元，除去需要归还的贷款，再加上政府补贴还能余下 1500 元左右，这部分收入可就全部是他自个儿的了。接着，李建生打包票说，这板板对屋顶肯定没影响，设备有问题了也是扶贫工作队负责，他用人格担保。李建生说得口干舌燥，嘴皮磨出了泡，张二才勉勉强强同意。

说干就干，没几天工夫，那些板板就装在张二家的屋顶上了。它们在太阳下一闪一闪，熠熠生辉。张二瞅着光伏表计上跳动的数字，觉得它们像摇钱树一般能生钱。看着看着，他褶皱的脸上生出花来。

2018 年 8 月 27 日，营盘梁出现了这一年罕见的高温，预报说气温可达 35 摄氏度。张二还是闲不下，又顶着日头去看窑顶上那个表计。可他一看，呆住了。记得李建生跟他说过，只要有光就会发电，这个数字就会变，只是晴天变得快，阴天变得慢。张二想，今天这大好的日头，蓝格莹莹的天，没一朵闲云，这表不应该没动静哇。他一时没了抓拿，三步并作两步急匆匆向扶贫工作队驻地走去。

大中午，张二黑红的脸庞晒得油光发亮，还渗出密密一层汗，每个毛孔都在说着热。李建生连忙招呼他进窑，队员刘升赶紧给他端茶倒水，但张二站也不是、坐也不是，心急火燎地说："俺家的板板出问题了，快去看看哇，怕出大问题哩。"张二这一惊一乍的，李建生只得撂下手头工作，喊了刘升，扑进滚滚热浪，径直向张二家奔去，边走边听张二说。

一路走，一路听，一路分析，刘升心里已经知道了大概。他直接爬上窑顶，仔细检查每个可能造成表计不动的原因，又排除所有可能，肯定地说是自动重合闸开关出问题了。他的衣服能拧出水，额头的汗也流成了小溪。接着，刘升硬是顶着大日头去城里买了开关，水也没顾上喝一口，又赶忙爬上窑顶换了开关。眨眼间，表计上的数字又一闪一闪跳动起来。张二的脸又笑成一朵花。刘升说："大爷，问题发现得及时，电量没受多大影响。"张二一脸的感激化作了一杯浓浓的蜜水。他硬是看着刘升"咕咚咕咚"一口气喝完，才算安心。

张二觉得这光伏还真行，出了问题工作队麻溜溜地给解决，自己也有了稳定的来钱项，心里便升涌起对好日子的向往。

三

2018 年 4 月，国网山西省电力公司董事长刘宏新来营盘梁村调研慰问，他说："发展产业是脱贫致富奔小康的关键。咱们要抓支部、强堡垒，因地制宜做成几个带动老乡致富的产业，真正带领全村奔小康，让老乡感受到党和国家政策的温暖，感受到电网企业的真情帮扶……"张二觉得"发展产业脱贫致富"这话特别有道理。他明白了脱贫的道道，这是他这些年怎么想也没想到的事。他记住了这句话，也记住了这个名字。

后来，营盘梁村要发展产业，准备建一个特色土猪养殖场，电力公司又捐赠了建设资金。为了加快建设，项目要采用村民先垫资的方式启动。张二觉得李建生那后生真不赖，跑信用社给村民办扶贫惠农贷款。信用社做了征信查询，10家有逾期贷款，其余户评估后，也只能贷1万元左右，还是不够规划贷款数额。李建生拿出自个儿的房本、车本和单位收入证明做担保，还是没闹成，来来回回跑了十来趟。李建生又找村里家境好的人家，做了若干次思想工作，磨破嘴，跑断腿，来来回回数不清多少次，可大家仍在那儿摇摆，担心自己的血汗钱打了水漂。

“三顾茅庐”，以证心诚，李建生这后生的心够诚的了。终于，几个家底殷实的村民愿意入股投资，特色土猪养殖场项目紧锣密鼓启动起来。其实，张二也想投资，可想想自己的情况，攒的那几个子儿连个棺材钱也不够，哪敢再动半个。虽然他没投资，却很是关心养殖场的情况。

听说非洲猪瘟疫情严重，生猪调运全面控制，养殖户谈猪色变，村里公开发标招聘养殖场经营人，全村硬是无人应标。还是李建生有头脑，先后多次到畜牧防疫部门了解政策，学习猪瘟防治技术，打通村民的思想关节。后来，他终于说服了意向承包人，经过两次公开议价，村民蒙方狗以8万元承包了下来。

2018年11月3日，张二顶着日头在田里锄草，看到养殖场首批200头猪仔运来了，全是优良品种，不禁自语道：那后生可真是来帮村里扶贫的。张二几次经过养殖场，其实说是经过，不如说是专程绕道而来的。在这里，他东瞅瞅西看看，还是看不够，不尽兴。

张二来一次，就看到这些猪长大一圈。张二一次比一次喜欢它们。这些猪个个光不溜溜，能吃能睡，样子招人喜欢。它们都是粮食养殖的，吃的是山玉米、山豌豆等，喝的是村里的山泉水，长出的肉是正儿八经的乡村土猪肉。这就是扶贫工作队经常说的绿色生态养殖。张二想，连这时髦的词儿都用上了，哪有不挣钱的说法。他觉得这些猪的哼哼声都是悦耳动听的。

张二混浊的眼睛里放出了少有的光。近来，张二将脚步移向了村口，那里有青青笼笼的国槐，有郁郁葱葱的柏树。这些树也是这两年栽种的，它们绿格茵茵、整整齐齐地排列在村口道路旁。他每天要从那儿经过，去山里放羊。

说起羊，他觉得自己很有面子——他是全村第一个养殖杜泊羊的，先养了 10 只，随后村里人才陆陆续续养起这种羊，到现在全村有 38 户在养。对于这件事和这些数字，张二心里翻腾得特别清楚。那是他觉得自己活得像个人样的开始，也是他觉得自己活得有转变的开始，更是他觉得自己活得有光彩的开始。

2018 年 12 月，政府推行养殖增收，电力公司扶贫工作队就开始做起村里人家的工作。政府每只羊补贴 600 元，个人只需掏 200 元就可弄来一只杜泊羊。这些黑耳朵羊是改良品种，抗病能力强，繁殖快，两年就能生产三胎，仅卖小羊就是一笔不小的收入。但是，工作队走访几天，村民都是在观望，没有一户愿意去做"第一个吃螃蟹的人"。

张二心里泛起了波澜。他瞅着养殖场的猪娃总是心情激荡，希望的枝丫瞬间就蓬勃而生，心气儿一直在身上攒着，如今又有这样的机会，他不能再错过。他瞪大了眼睛，好像看到了希望之光，这些光在他眼里激情燃起，燃得很旺，但又不明原因地瞬间暗淡下去。资金在哪儿？这是多实际的问题。一丝愁云在他脸上翻滚，他唉声叹气地垂下头。太阳

张二开始了杜泊羊养殖　　王帅 / 摄

就在当头顶，半阴着脸，看着张二把愁苦憋进了心里。

李建生看出了他的心事，直截了当对他说："大爷，我先给您老垫上，卖了羊再说。"张二心里翻滚起浪花，这些浪花一次又一次聚拢起力量，让他无法抵挡，更无法平复。他核桃似的眼眶里，两行热泪滚滚而下，竟是一时语塞。他用暴满青筋的手抓住了李建生的手，感觉一丝暖流涌进心田。

每天，张二领着他的羊穿梭在山野半坡，只为让羊儿能吃到鲜草，能在草丛间欢蹦乱跳地撒欢。看着漫山遍野的绿，看着山坡草绿中镶嵌的羊儿白，享受着山间的清风，还有花和草送来的一阵又一阵的香味儿，他的心里处处都是生机。那是一种从心底萌发的力量，是一种对美好生活的追赶。

四

时间麻溜溜地飞，李建生和队员们已经在这块土地上工作了将近三年。日历走到2019年年底，偏关县全县脱贫，营盘梁村的变化更是像在飞。

2020年的春天来了，电力公司扶贫工作队为村里购置的农用拖拉机、翻转犁、旋耕机等农机具在田野里搅动春风。除了种植玉米、糜米外，渗水地膜谷子、降解马铃薯、地膜黑豆、旱地柠条等特色高产作物也在营盘梁村的田间地头悄然孕育，村里欣欣向荣。

村里光伏板发出的电通过偏关天峰坪集中电站关联上电网，集中式光伏电站全年电费收益在30万元左右。贫困户一年最多受益可达3000元，真是坐着就能生钱。

营盘梁村的兴营牌土猪肉在偏关县城开卖了，卖价比市场价格起码高5元，且供不应求。按每年出栏300头猪计算，蒙方狗可是挣钱了。村民们也不赖，一分没掏，村里集体经济收入首次分红，贫困户最多每户每年收益1500元，同时还分得一头猪仔。

纯棉劳保手套厂的二层厂房也建起来了，电力公司投资了35万元。机器已经上线，全自动，一天24小时在那转。外出打工的村民回来了，能一边种地一边挣钱，这是多美的事。

营盘梁村村委会　　王帅 / 摄

日子宽展了，张二的心也宽展了。

如今，他心里不只有田间地头的谷子玉米，还装着那些光伏板板的光亮，那些猪、羊的叫声，还有 24 小时不停的机器轰鸣声，更有村口叽叽喳喳的鸟鸣声。

看着营盘梁村的一切变化，张二的眼睛里时常会滚动幸福的“珍珠”。他同样会用手抹上一把，脸上便只剩下欣慰的笑。

扶贫的风吹进来了，从大山折叠的缝隙穿透了营盘梁，也改变了营盘梁。“扶贫攻坚　功德彪炳”的锦旗在驻村扶贫工作队办公室里挂着，默默述说着村里的巨大变化。

营盘梁村天蓝云白，风清气爽。

张二觉得自己真正迈上了人生高峰。

大官庄的第一书记

姜铁军　薛克城

大官庄村　　临沂供电公司供图

做贫困户的朋友——孝善养老基金帮助贫困老人——帮两个孩子落户口

推开院门，眼前是很旧的三间屋子，一只黄狗懒洋洋地在屋门前趴着，抬起头看看人懒得叫唤。刘斐喊了一声："家里有人吗?""嘎吱"一声，屋门推开，一个七八岁的男孩露出头来，蓬乱的头发像只没扎好的鸟窝，脸也没洗，脏兮兮的。"你找谁?"男孩问，眼神里有点胆怯。"我找韦大爷。"刘斐说。"找我爷爷干啥？他不在家。"男孩说。刘斐问："你爷爷去哪了?""带我妹妹出去借钱了……"男孩缩回头，屋门关上了。

刘斐今天找韦大爷是想谈谈脱贫的事，没想到扑空了。刘斐在山东临沂供电公司工作，瘦高个，戴眼镜，文质彬彬的样子。2017 年 2 月，他被选调到临沭县石门镇大官庄村任驻村第一书记。后来，村民亲切地称他为"大官庄里'第一官'"。

大官庄村是国网山东省电力公司对口帮扶村。全村有低保户 118 户 122 人，五保户 9 户 9 名孤寡老人。面对这种状况，刘斐心里没底。他低头看了看佩戴在胸前的党徽，一股热流涌上心头，他暗下决心："千难万难，也要把扶贫工作做好。"

进村第一件事是调查摸底，一家一家走访，不落一户。刘斐知道，如果不能和贫困户交朋友，不能让他们掏出心窝里的话，扶贫就是空喊。他随身带着一个笔记本，把每家贫困户的情况都记录下来，这是第一手资料，是做好扶贫工作的依据。不知道韦大爷什么时间回来，等不等呢？

口袋里的手机忽然响了，电话是临沂供电公司"玲玲爱心协会"志愿者打来的，说是要给大官庄村的贫困学生家庭捐款捐物："捐款捐物折合资金三万多元，帮助困难学生家庭。"刘斐很高兴，赶紧说谢谢。自己在大官庄村扶贫，单位的同事都很关心，多方提供帮助。

打完电话，刘斐心里冒出一个念头：志愿者和贫困家庭"结对子"，长期帮扶，脱贫步伐会更快。这只是自己的想法，能不能实现还要听听志愿者的意见。之前，单位职工献爱心，筹集了善款 5.5 万元作为启动资金，设立了"大官庄村孝善养老基金"，为村里 75 周岁以上的老人发放养老补贴。别小看这笔补贴啊，这不仅仅是钱的问题，而是引导鼓励村民尊老、敬老、养老、孝老，弘扬孝善文化。

这时，院门开了，韦大爷带着孙女回来了。看到刘斐，老人一愣："刘书记，你怎么来了？""来看看你，了解一下家里情况。""啊，啊！"韦大爷犹豫了一下，"屋里乱得很，在外面坐吧！"他拿过一个旧马扎递给刘斐。刘斐接过马扎坐下，拿出笔记本，说："想了解一下你家情况。"韦大爷坐到刘斐对面的石墩子上，顾虑重重，有些话不好意思开口。刘斐放缓了语速、压低了声音说："我是第一书记，就是帮村民解决困难，有啥说啥。"刘斐的话让老人放下了思想包袱。韦大爷有个儿子，未婚生育了一子一女，后来因犯罪在泰安监狱服刑。儿子入狱后，孩子的母亲出走。更糟糕的是，两个孩子因为没有合法出生手续无法落户口。因为没有户口，打疫苗、上学等都成了难题……刘斐心里沉甸甸的。他当即承诺，一定想办法帮两个孩子落户口。

刘斐先去临沭县公安局户籍科咨询，民警说，这事要通过山东省司法厅办理，要做亲子鉴定，还要有司法物证鉴定中心等机构协助，才能

完成一系列手续。

做亲子鉴定，这事难办了。刘斐赶紧打开手机，查找泰安监狱的联系方式。

到大官庄村当第一书记，刘斐离家上百里，忙起工作一两个月不回家。妻子心疼他，给他打电话："两个多月没回来了，孩子过生日你不回来吗?"刘斐心想，答应孩子一起出去玩，一直没兑现，过生日回家看看，算是补偿吧。一家人好不容易高高兴兴坐到一起吃饭，刘斐口袋里的手机响了，是泰安监狱打来的，说是监狱领导要和他面谈。刘斐放下筷子要走。妻子心疼地说，饭还没吃完呢，你吃完再走。他摇摇头，等不及了，风风火火地走了。

泰安监狱的一位副监狱长接待刘斐，听他把事情来龙去脉说个仔细。听完，副监狱长竖起大拇指："你这个第一书记够格，我们一定全力支持!"这是称赞也是敬佩。

韦大爷儿子采集血样工作进行得很顺利。可物证鉴定中心的工作人员说，亲子鉴定的费用要一万多元。一万多元不算多也不算少，韦大爷到哪里去筹措啊?刘斐又回单位想办法给解决了。物证鉴定中心的人听说了这件事的原委，对刘斐非常敬佩，以最快的速度把亲子鉴定的事给办好了。

刘斐带着全套合法手续再到户籍科，那位民警看着他递来的各种手续惊讶地说："你办得太快了!"看着打印机打印户籍内页，刘斐长长出了一口气，这些天的辛劳、奔波、焦虑和等待都值了。

让党员发挥带头作用——给残疾村民解决实际困难——电网职工伸出关爱的手

早些年，农村流行一个口号："要想富，先修路"。说的是农村致富必须先改善交通。这些年，国家加大了农村基础设施投资力度，农村交通情况得到了很大改善。现在，农村流行的口号是："农村致富，建好支部。"这强调的是村党支部的重要性。

刘斐到大官庄村任第一书记，格外重视建设坚强村党支部。大官庄村全村 94 名党员挂牌亮身份，他在行政村村部设立宣传栏，开通"美在大官”官方微信公众号，多渠道、多方式，把党的政策传递到每位党员。村里定每月 20 日为集中学习日，组织村支两委干部外出学习，增强他们干事创业、服务群众的本领和能力。他还让想干事、会干事、能干事、品德好的能人进入村委会班子中，并在村里发展预备党员，为大官庄村长远发展奠定基础。

刘斐经常去村里的老党员家走访，征求他们的意见和建议，帮助他们解决生活上的困难。这天，他来到老党员韦有乐家，一走进院子，就看到 80 多岁的韦有乐靠在墙上晒太阳。看到刘斐来了，老人想起身，扶着墙连着站了几下都没站稳。刘斐急忙上前搀扶说：“快坐下，快坐！”他拿过小板凳，坐到老人身边。韦有乐拍拍自己的大腿说：“上年纪了，体弱多病行动不便，一直想有个拐杖。我看电视上，爬泰山的人手里都有个拐杖，方便，我要是有个拐杖就好了！”说者无心，听者有意。刘斐想，这不是一个人的拐杖问题，村里这样需要帮助的老人还有好几个，还有二十几名残疾人，有的腿脚不便，有的听力不佳，他们的困难都要解决啊！

帮助韦有乐老人解决拐杖问题并不难，可要解决二十几名残疾人的轮椅、双拐、助听器等辅助用具就不是轻而易举的事了。刘斐把解决问题的途径梳理了一下：一是政府有关部门，如民政局；二是村民互助；三是社会团体、个人捐助。刘斐安排村支两委的干部做前两项，他负责第三项。

星期天，他匆匆忙忙赶回临沂市，可没回家，而是直奔临沂供电公司会议室，那里有一群志愿者正在等他介绍情况。走进会议室，大家鼓掌欢迎，这是对刘斐的肯定和鼓励，也是一种赞赏。他给大家鞠躬：“辛苦各位了，星期天来开会，谢谢大家！”来参加会议的都是热心公益的职工，他们愿意像革命前辈一样，发扬新时代沂蒙精神，做有益于人民的事，更愿意像刘斐一样为村民做些善小之事。

刘斐对大家说，自己对扶贫工作的认识有一个过程。扶贫工作给贫困户提供了帮助，我们每个参与扶贫的人也因为贡献了自己的力量而在精神上有了更大的收获，从这个意义上说，扶贫工作不仅促使农村贫困人口的生活发生了变化，参与者的精神面貌也有了改变。

他的讲话感染了在场的志愿者，大家纷纷伸出援手帮助大官庄村的

大官庄村口　　临沂供电公司供图

贫困户。在捐款箱前，刘斐向每一位捐款者说“谢谢”。这一声“谢谢”不仅是为自己说的，更是代表村里贫困户说的，也是向这些有爱心、捐善款的职工致敬。

十几天以后，大官庄村用这些捐款购买了轮椅、助听器、拐杖及其他物品，发放到急需的贫困村民手中。残疾村民老胡接受轮椅时热泪盈眶，他盼了多少年了，希望有一台轮椅帮助自己走路，今天终于愿望成真。

深情呼唤的三封信——不寻常的春节座谈会——扶贫的脚步永不停

到村民家走访，有残疾村民对刘斐说：儿子在外打工不愿回来，两三年见不到孙子，真想孩子啊！大官庄村外出务工人员多、留守老人和留守儿童多，不少村民因为各种情况常年不回家，有的甚至几年都不回来。村里想开展各项产业，也因缺劳动力而不得不放弃。怎么改变这种情况呢？

刘斐绞尽脑汁也没想出个好主意。晚上，他看山东电视台播出的《一封家书》节目，情真意切的家书朗读让观众情不自禁流下热泪。这情景像根火柴一样“呼啦”一下让他心中亮了，再联想到网上曾经流传的“你妈喊你回家吃饭”的话，他想，何不筹划以家书的形式，以“大官庄喊您回家过年”为主题，呼唤在外打工的村民春节期间回乡探望亲人呢?

这个想法得到了村支两委干部的赞成，他们决定在大官庄村的微信公众号上连续发三封公开信，恳请在外打工的村民春节回家陪陪老人和孩子，看看家乡的发展变化，呼吁有能力的村民返乡创业、返乡就业。

尊敬的乡亲们：

您好！

曾几何时，您乘着梦想的翅膀，从毛河岸边泥泞的小路走出，踏上闯荡的征程。几度风雨几度秋，几多艰辛几多愁。吃了多少苦，受了多少累，才让您拥有了来之不易的今天。历经多少寒暑，遭遇多少坎坷，才换来今天的温暖。春节快到了，您是否已拿到辛苦的血汗钱，是否已买到回家的车票，是否也在渴望见到亲人的笑脸?

有钱没钱，回家过年。家乡喊您回家过大年！

……

第一书记喊您回家过年！

不管您是在天南海北，还是在异国他乡，让我们合着春节的节拍，回家吧！回来望一望我们美丽的乡村，走一走家乡的小路，看一看那些熟悉的面孔，听一听那不曾改变的乡音……

亲人多么盼望在外打工的你能回来看看啊！

一年时间，村里建起了标准化卫生室、文化活动中心和大戏台，增加了体育健身器械，修了5000多米的排水沟，更换了新的供电线路，安装了120盏路灯。现在，水泥路修到家门口，自来水通到了家里。村里还打了深水井，投资60余万新建了扶贫就业柳编加工车间……

为了让公开信声情并茂、更具感染力，第二封公开信是以诗歌朗诵的形式出现在大官庄村微信公众号上的。

一年365天 / 春节是起点 / 也是终点 / 所有的流浪在这一天 / 停下脚步 / 您漂泊的心也在这里 / 拥抱港湾 / 家人喊您回家过年 / 村头大树下 / 一根拐杖支撑了365天的望眼欲穿 / 寒风料峭中 / 吹皴了儿女们娇

嫩的小脸 / 客厅餐桌上 / 一壶老酒煮烫了多少挂牵思念 / 您回家过年 / 这是最原始的力量和情感 / 爹娘在家就在 / 守在父母的膝前 / 一切的苦辣酸麻都是甜……

这封信不但让村里外出打工者感动，浏览公众号的读者也同样被感动，纷纷留言："今年春节一定回家过年！""大官庄，生我养我的地方，一定回家看看。""道出我们的心声，一定回家过年！""这封信勾起了我对故乡的怀念，感谢大官庄帮我找到了久违的感觉。"

"三封公开信"接连在大官庄村微信公众号上发布，在外打工的村民一传十、十传百，反响强烈。三天时间，三封信的转发、浏览量超过5000次。

2018的农历春节到了，刘斐早早把自己春节期间的工作安排好了：组织村支两委干部给村民家贴春联，邀请临沂供电公司摄影爱好者到村里给村民拍摄全家福，最重要的是组织"在外人士话发展座谈会"。

在第三封公开信中，他们与回家过年的村民相约：

您对我们有着期待，所以你们中的许多人，愿意走来，在初五的清晨，相聚在村委大院，腾出宝贵时间与我们一起畅谈。

……

无论大官庄村第一书记，还是村支两委，单靠我们的力量太难太难，喊您回家过年不是唯一目的，群策群力共谋发展才是我们更大的心愿！

2018年农历正月初五，一个不寻常的春节座谈会在大官庄村召开，30多名村民代表参加座谈会。围绕大官庄村的现状，结合扶贫工作，对未来发展提出了意见和建议。其中一些建议还可以很快实施，助力扶贫工作更好地推进，帮助贫困户尽早脱贫。

三封公开信和不寻常的春节座谈会引起了媒体关注。新华每日电讯、新华网、人民网等以"驻村第一书记三封公开信，引来村庄发展金点子"的标题报道了这件事，赞许刘斐：通过这些为村民服务的桩桩小事，赢得了老百姓对党员干部的信任，换来了对第一书记工作的支持。

大官庄村村委会　　临沂供电公司供图

他以自己的实际行动诠释第一书记大有作为。

2019 年，大官庄村这个山东省的省级贫困村脱贫摘帽。

刘斐没有停下匆忙的脚步，他为村里的一块闲置土地找到了投资商，引入 4 个项目，并全部成功。他筹集 140 余万元建设了 1520 平方米的扶贫车间，促成山东迪尚集团在大官庄村设立分厂，进行服装加工，提供就业岗位近 150 个，每年可增加村集体收入 12.3 万元。村里又引资 70 余万元，建设两座村级光伏扶贫电站，每年可增加村集体收入 10 余万元。山东嘉控智能科技有限公司也来村里投资建厂，实现年产值 2000 余万元，提供就业岗位 30 多个。2019 年一年，村集体增加收入 7 万多元。考虑到村里残疾人口多、劳动力不足的现状，村里又和金丰公社签订 1400 亩土地托管协议，这一项就可为村集体带来 8 万余元的收入。

有人跟刘斐说，你的任务圆满完成，歇歇脚吧。刘斐打开学习笔记，上面有他抄录的做好扶贫工作的话："我们党员干部都要有这样一个意识：只要还有一家一户乃至一个人没有解决基本生活问题，我们就不能安之若素；只要群众对幸福生活的憧憬还没有变成现实，我们就要毫不懈怠团结带领群众一起奋斗。"这是他的工作指南，不能让一个乡亲在这场脱贫攻坚战中掉队，他永远不能停下奋斗的脚步。

第一书记的扶贫答卷

徐向林　吴　江

舀港村　　吴江 / 摄

一

又是一个不眠之夜。

2018 年 8 月 20 日，时针指向凌晨 3 点。江苏省滨海县县政府三楼会议室灯火通明，一场关于脱贫攻坚的论证正激烈展开——

“安装光伏设备会不会影响厂房结构及承重力？屋顶周期维修、后期的维护谁来负责？”盐城矽润公司总经理薛敬伟发出一连串的疑问，让正在交头接耳讨论的参会者凝起了神。

会场安静下来，大家的目光齐齐转向国网江苏省电力有限公司派驻到滨海县通榆镇舀港村的驻村第一书记李卫东。

这次会议从前一天下午 3 点就开始了。李卫东已经对阳光扶贫项目的可行性、技术的可操作性、正常运行的收益及后期的维护等方面作了详细的讲解。薛敬伟抛出的问题，其实，李卫东已经给出了明明白白的答案。

利用“国网阳光扶贫——苏电对口帮扶光伏发电公益项目”捐赠的600万元资金，矽润公司在厂房屋顶建设光伏发电站，采用自发自用、余量上网模式。电费收益三方分配，即一部分用于企业屋顶租金，一部分留作运营维护，剩余部分由企业按月解缴给县财政扶贫专用账户，再匹配给滨海县的8个省定经济薄弱村和建档立卡贫困户。谁都看得出来，这个项目既绿色环保又节约能源，既功在当下又利在长远。但围绕该项目如何落地，江苏省委驻滨海县帮扶工作组与滨海县委县政府已牵头召开了6次讨论会。好几次，会议都开了通宵，可企业和8个村的村委会都对该项目不太热心。

舀港村党总支书记蒯治君常跟李卫东念叨：“群众觉得靠光伏扶贫脱贫太慢了，恨不得有个好办法能一夜脱贫。”有村干部给李卫东建议：“把钱争取下来，几个经济薄弱村分分，还掉村集体的债务，余钱分给贫困户，大伙儿的收入也上来了，你的扶贫任务也就轻轻松松完成了。”“钱分了，以后的收入咋保证？”李卫东问。村干部答：“走到哪个山头说哪句话呗。”“那可不行，刮一阵风的事情，坚决不能干！”李卫东一口否决。

“不能怪村干部急于求成，也不能说他们没眼光。”李卫东理解舀港村人的想法。2018年5月8日，作为舀港村驻村第一书记，李卫东上岗。驻村后，他摸了摸“家底”，吓了一跳：至2017年年底，舀港村村集体负债69万元，全村建档立卡贫困户共77户224人，村人均年收入3500元左右，最低的只有2200元。“家底摸清后我也着急，真想撸起袖子在舀港村给挖个金矿出来。”李卫东笑道。

“挖金矿”当然只是李卫东的调侃。他在国网江苏省电力公司扶贫办的帮助下，争取到了阳光扶贫项目。他自己算了个时间账，从项目立项到产生收益，要有一年多时间。周期长，村干部和村民不愿意可以理解。但这个光伏发电项目明明能给企业减少电费支出且带来租金收入，企业为什么也不乐意呢？

阳光扶贫项目推不下去，李卫东着急上火。那段时间，他几乎天天夜里失眠。有时，累了一天刚躺下，脑子里就不由自主地冒出这个问题，他就再也躺不住了，猛地一下爬起来，走出宿舍，到外面走一走。乡村的田野里，蛙鸣阵阵，水稻正在抽穗，几只萤火虫在他眼前飞舞。

清凉的夏风一吹，他的倦意、睡意全跑了……

那天会上，做事向来风风火火的李卫东真想“放一炮”。然而，坐在他身边的蒯治君用胳膊肘捅捅他，悄声说：“薛总不是没听懂，是怕担责?”

担责？这话让李卫东猛然警醒。是啊，光伏发电站安装在矽润公司，合同一签就是20年。这20年间，这家公司得月月与县财政结算，中途要是厂房改建或是实施转产项目，都会给企业带来不便。看来，薛敬伟就是怕被“扶贫责任状”套牢，所以找出各种借口推托。

李卫东原先想不明白的问题，一下子想通了。他知道薛敬伟爱面子，不能当面戳破他的心思。李卫东脑子一转，喝了口水，清了清已经哑了的嗓子说：“薛总，贵公司有1万多平方米的屋顶面积，符合安装光伏板的条件，按市场标准结算租赁费，一年租金4.5万元，20年就是90万元……”“20年才90万，这点钱我不在乎。”薛敬伟不客气地打断了他的话。

李卫东不急，盯着他继续说：“据我所知，贵公司是自供电企业，目前还是单电源供电，每年遇到雷电、暴雨等恶劣天气原因导致停电，会造成近百万元的损失吧?”“这个……算是吧。”薛敬伟回答得含糊。“我们可以向上级供电公司争取项目，再架设一条供电线路，给你们企业所在的信息园区提供双电源供电。”账一算，薛敬伟不好意思地笑了笑：“你们供电公司这么诚心，我也是个热心肠的人，装光伏的事我同意，别说20年，40年的扶贫责任我们也担。”

听到这话，李卫东松了口气。

二

争取这笔资金落地有多不易，李卫东没有跟任何人说起过。

他多次到国网江苏省电力公司汇报，数十次到县里找有关部门协调。老是要去跑，人不常在村里出现，还引起了部分村民的误会：“我们村来的第一书记，整天看不到人，估计是下来挂名的吧。”

直到2019年2月22日，李卫东拿回了由江苏省委驻滨海县帮扶工作组、滨海县扶贫办、县财政局联合印发的红头文件《关于下达2019

年度光伏扶贫公益项目（一期）计划的通知》，村民才明白，李卫东一直忙着争取资金和政策呢。

有了好政策，还要向村干部和村民解读好。通过村干部会议、党员大会、村民代表会，李卫东不厌其烦地解读：国家电网有限公司捐赠的600万元按贫困情况匹配给村集体，用于入股投资建设光伏发电站。其中，通榆镇舀港村、蔡桥镇木港村各105万元，东坎街道沙浦村、界牌镇陆集村等6个经济薄弱村各65万元。

“105万，不少啊，啥时到账?”通常，李卫东解读到这里，话就会被打断。

李卫东耐心地解释：“这些钱不是直接打到村里，而是由各村用作股金，凭股金比例享受利益分红。”尽管李卫东费尽口舌，部分村民还是不能理解，失望的表情写在了脸上。各种怪话也不时飘到李卫东的耳朵里。索性，李卫东不解释了。“尽快让村民看到真金白银的收益，就是最好的解释。”行动与结果，是对民之所盼的最佳“答卷”。

不久，在李卫东的多方协调和积极推动下，滨海县苏电绿色能源股份有限公司成立了。这个公司的股东就是包括舀港村在内的8个经济薄弱村。按照公司法规定，李卫东牵头起草了企业章程，详细约定了董事会的组成、职权和议事规则、企业利润分配办法等。

为加强发电收益分配管理，在李卫东的倡导下，江苏省委驻滨海县帮扶工作组、滨海县扶贫办先后召开3次会议，讨论出台了《滨海县国网阳光扶贫——苏电对口帮扶光伏扶贫电站收益结算分配管理办法》，明确了电费结算、电费回收、电站维护等各方的职责、责任及监管措施。

完成了前期准备工作，李卫东又转战项目建设主战场，2019年6月，施工材料全部到位；9月12日，施工队进场施工；11月29日，光伏电站并网发电。

从立项到并网发电，项目建设历时一年零三个月。那段时间，李卫东四处奔波，风尘仆仆。村民常常看到他不分早晚地忙。有时一接到电话，李卫东说声“我现在就去”，就立马出发，毫不拖延。

2019年10月，正是施工期间，李卫东的父亲在晨练中突然昏厥，被送至医院。医生诊断，老人必须安装心脏起搏器。妻子打电话给李卫

东，让他回来照顾老父亲。当时，李卫东正在施工现场忙着，为难地说："我恐怕、恐怕……脱不开身。""那可是你父亲，你看着办！"妻子生气地挂了电话。

李卫东心如刀绞，怎么办？回去吧，施工现场各种"疑难杂症"等着他协调解决；不回去吧，对父亲怎么交代？前思后想，他给妻子拍发了施工现场的视频，什么话也没说。过了好一会儿，妻子才回复了一行字：你忙你的吧，这边的事我来安排。看到这行字，李卫东才稍稍心安。

项目落地收益，需要一个较长的周期，而全民奔小康却等不得、慢不得。驻村期间，李卫东一边忙于光伏项目建设，一边还忙着结对帮扶。

第一书记，结的当然是"穷亲戚"。舀港村四组的程玉菊成为李卫东到村后结的第一个"穷亲戚"。2016 年，程玉菊的儿子小蔡查出了肾病综合征，2017 年转变为尿毒症，每年医疗费自费部分须支出 3 万多元。这笔医药费让这个家庭不堪重负。

结下这个"穷亲戚"后，李卫东多次前往县文教、卫生部门争取扶持政策，自己则全额资助小蔡的生活及学习费用。

有一天，李卫东走进程玉菊家，看到程玉菊正在抹眼泪。一问，才知她与儿子吵了一架。李卫东问小蔡："为什么跟妈妈吵架？"

"叔叔，我不想上学了。我是个病人，上学有用吗？"小蔡含着泪说。

"当然有用，唯有知识才能使人充满力量……"李卫东给小蔡上了整整一个下午的人生课。小蔡深受感动，主动捡回自己扔到窗外的书本，认真学习起来。今年，开始读高三的小蔡病情稳定，身体状况好转。在最近的一次考试中，他的成绩进入全年级 30 个班前 100 名。

舀港村八组村民蒯茂响也是李卫东结下的"穷亲戚"。蒯茂响人生之路走得极不平坦，中年丧妻，一人带大一双儿女，不料又遭遇晚年丧子的打击……看蒯茂响精神颓废，李卫东与他"结亲戚"，天天找他谈心，蒯茂响渐渐提起了精气神。2018 年 6 月，李卫东帮他在村民小组租赁了 60 亩土地种植水稻与小麦，与他一起干农活。当年，蒯茂响就实现年收入 6 万余元。

蒯茂响也脱贫了。一时间，这事成了舀港村的“热点”。李卫东因势利导，以“党建＋精准扶贫”动员村干部、党员、村民参与村里的产业发展。至2019年年底，通过产业引领、项目带动、精准帮扶，舀港村集体年度经营性收入达18.17万元，建档立卡贫困户人均年收入突破6000元。

舀港村的小学生走在村道上　　吴江／摄

2019年，舀港村摘掉了“贫困村”的帽子。

三

在舀港村村民眼里，李卫东是个“坐不住”的人。只要不外出，他总喜欢在村里到处走动，一边走一边主动与村民打招呼，问长问短。村民反映的问题，他总是用手机记下来，有时还拍成照片保存，提醒自己一个个销号解决。

以前，舀港村中心路是一条泥泞不堪的土路。村民外出、运粮都很不方便。李卫东跑镇里、跑县里找修路资金。2018年10月，他终于申请到基础设施“一事一议”政策资金55万元。

资金下来，李卫东又发了愁：2公里长的水泥路投资需65万元，还要自筹资金10万元。李卫东一家一户地排查，发现村民家庭收入都不高，要到哪儿去筹钱？经过一番苦思冥想，他突然想到舀港村党总支与江苏省人社厅医保中心党支部是结对共建单位，能不能请他们支持一下？他决定去试一试。第二天天刚亮，他就冒着寒风乘车从滨海赶到南京，向该中心反映了村民的困难。对方听完情况介绍，答应得很爽快，10万元扶贫资金很快批了下来。

一条路，没花村民一分钱，修成了！

李卫东刚入驻舀港村时，村里没有一个像样的文化活动地点。在他的建议下，村里将原来规划建设的停车场改建为村民广场，并在村部与农贸市场之间建起了村民舞台。他还因地制宜，主动协调，按照“一个文化广场、一间文化活动室、一个村民大舞台、一套文化音响设备、一套广播设备、一个宣传栏、一套健身器材”的标准，建成了舀港村村级综合文化服务中心。

从筹集资金、规划布局、购置材料、整治土地到检查质量等，这些项目的每一个环节，李卫东事无巨细，全程参与。村民舞台建起来了，舀港村有了文化宣传阵地，村民的生活更加丰富。随后，李卫东又为村里争取 15 万元资金，在村支干道安装了 210 盏太阳能路灯。小村的夜，亮了起来。

有一天，蒯治君在村部与李卫东谈完工作，走到门边又突然回身，欲言又止。在李卫东的一再追问下，蒯治君把咽回去的话倒了出来。原来，10 千伏西沙线和 400 伏供电线路交叉跨越新建的舀港村党群综合服务中心、农贸市场和村民广场，十分凌乱，影响村容村貌。“卫东，这是村民反映的。你们供电公司帮我们村这么大忙，我们反而找你们的茬，说不过去，就当我说说而已。”蒯治君有些不好意思。李卫东听后认真地想了想，笑着说：“我也发现了，线路交叉跨越，不仅影响美观，还有安全隐患，这事我一定办好。”几天后，李卫东就协调滨海县供电公司将这两条线路迁移了。

在公益岗工作的村民　　吴江 / 摄

脱了贫，还要“稳住富”。怎么稳？李卫东想到了电商平台。

2019 年 10 月 17 日，在李卫东的建议和努力下，国网江苏电力—苏宁易购扶贫共建店、中华特色馆“滨海馆”揭牌。“滨海

舀港村晨曦　　吴江／摄

馆”以“电商平台＋实体店”的方式线上线下同时销售当地农特产品，帮助滨海县经济薄弱村打通滨海大米、白首乌、野菜籽油等农特产品的销售渠道。李卫东说：“要流通必须要有自己的品牌。品牌就像人的身份证一样。”带着这样的理念，李卫东征得滨海县主要领导的同意，牵头负责滨海区域公共品牌征集评选工作。最终，“襄盛滨海”的品牌名称脱颖而出。如今，“襄盛滨海”已渐渐唱响长三角地区。通过电商平台，经济薄弱村集体和低收入农户还在产品收购价的基础上再享受3%的“二次分配”。目前，该店销售农产品获得的500多万元收入，已返还经济薄弱村集体和低收入农户15万元。

2020年8月15日，我们跟着李卫东来到舀港村。走进村部，村会计操着计算器乐呵呵地算了一笔账：光伏电站现已发电93.85万千瓦时，电费收益79.75万元，村集体和原先明确的低收入农户各得7.5万元。这个光伏发电站每个发电年度可收益130万元到150万元，8个省定经济薄弱村集体经营性收入每年可平均增加13万元，且持续20年！

蒯治君说：“卫东给舀港村的是一张用不完的‘电存折’。如果给卫东的扶贫‘答卷’评分，我们全村人一致打满分！”蒯治君说这话时，李卫东有点不好意思。在阳光的照射下，他的脸红扑扑的。

金刚台村之变

胡晓延　王运涛

金刚台村追踪式农光互补光伏发电站　王文／摄

金刚台，海拔 1584 米，矗立于皖豫交界处的大别山腹地，因主峰酷似镇守群山之中的金刚而得名。金刚台村，安徽省金寨县的一个行政村，因金刚台而得名。

金寨县是全国为数不多的“将军县”，也是国家级深度贫困县。金刚台村，则是这个深度贫困县里的深度贫困村，是脱贫攻坚战中一块难啃的“硬骨头”。

作为金刚台村的对口帮扶单位，国网安徽省电力有限公司连续六年精准施策，锲而不舍，派出张勇、王德、李冬森三任驻村第一书记接力开展对口帮扶。昔日闭塞、贫穷、落后的深山村发生了巨变。

2018 年年底，金刚台村脱贫出列。

外面的世界很精彩

2015 年春，金刚台村老湾组村民余敦银怎么也不敢相信，脚下走了近 50 多年的羊肠小道和机耕土路要修成通往山外的水泥马路。

平日里下山，他和村民都要绕道邻近的泗道河村。路基都没有，这路从哪儿修到哪儿呀，这花销得多大啊？

修路的消息传开，不啻在平静的村庄里投下了一枚“炸弹”。

国网安徽省电力有限公司派来的驻村第一书记张勇是个小年轻，才来三个月，瘦瘦的，看着有些单薄。大伙儿都怀疑他是否能扛起修路的重担。村民们就着修路的事，你一言我一语地议论开了。余敦银 84 岁的老母亲窦代红也赶来凑热闹，在一旁嘟囔着，自己年纪大了，在山里窝了一辈子，怕是看不到水泥路修通的那一天，见不到外面的精彩世界了。

张勇修路的念头萌发于刚来驻村时的那次走访。

2014 年 10 月，张勇刚进村，忙着给贫困户建档立卡。虽然从小生活在农村，但统计结果还是让张勇有些吃惊，也理解了什么叫深度贫困——全村 10 个村民组 582 户 2560 人，有贫困户 237 户 770 人，贫困人口占 30.08%，意味着每三个人中就有一人贫困。

张勇挨家挨户走访时，村里的老人拉着他的手说，革命战争年代，金寨牺牲了十万英雄儿女；为根治淮河水患，让沿淮百姓不再受水患之苦，国家修建梅山水库等大型水利工程，淹没了十多万亩良田；十万库区百姓背井离乡，迁居他地。“三个十万”让张勇铭记在心。

老人们还说，路不通，山外的物资运不进来；汗珠子摔八瓣收来的茶叶、粮食，喂养的牛羊猪、鸡鸭鹅也运不出去，卖不上好价钱。一来二去，收入自然打了折扣。

要想富，先修路。张勇一边与村干部做村民的思想工作，争取支持；一边向国网安徽省电力有限公司汇报修路的计划，筹措资金。

在村干部的带领和动员下，道路规划途经之处，村民们自愿无偿让出自留山和坡地。

国网安徽省电力有限公司捐资260万元，启动修筑泗道河村至金刚台村黄林组4.2公里长、5米宽的水泥路。

转眼已过仲春，金刚台漫山遍野的杜鹃争艳，似乎为了迎接村道修筑而绽放。2015年4月15日，当推土机、挖掘机隆隆开进山时，闻讯赶来的村民们挤满了山坡。窦代红老人也在儿媳的搀扶下赶到现场。她颤巍巍地挤进人群中，想看看通往山外的水泥路咋个修法。

金刚台多为花岗岩地貌，地质坚硬，哪怕是极小的山丘，都得打眼放炮、炸石开路。此时已进入雨季，山里的天说变就变，刚才还是艳阳高照，一会儿便大雨倾盆，给道路施工平添了不少麻烦。

每一次放炮炸石，村民们都要站在远处的山头上张望。他们说，打通了去往山外的路，就是打开了致富路，这炮声听起来亲切而悦耳。

从初夏到深秋，一座座小山丘被铲掉，一个个小山凹被填平。每天忙里偷闲“观战”的村民络绎不绝。路基压实了，混凝土铺上了，整整五个月，通往村外的水泥路在村民的眼皮子底下一天天修起来了。

2015年10月25日，新修的道路通了。村民们像过年一样开心，都说多亏了党的脱贫好政策，金刚台村才有了通往山外像模像样的路。

路修好了，从没出过大山的窦代红老人多次催促在外地打工的大儿子和在城里上大学的大孙女，趁自己身体还算硬朗，带她出山进城看看。

时隔一年，让村民们喜出望外的是，国网安徽省电力有限公司负责人与金刚台村村干部又聚到了一起，商量帮扶的事，再次敲定捐资270万元，对已严重破损的2.1公里通往中心村的道路按前期的建设标准修筑，连上通往河南商城县界的省道，彻底打通沿线群众的出山通道。

金刚台村与商城县相邻，两地百姓长期往来密切，通商联姻频繁。一年前的那次修路解决了金刚台村群众的出行难题，这次打通连接商城县的道路，则为金刚台村的产业发展、旅游开发打下了基础。

又是五个月过去了，新修的道路通车了，村民们乐开了花。过去，他们去一趟商城，天亮带着干粮赶路，回村已是一片漆黑，现在去一趟只需40分钟。村民们都夸，电力公司是真帮扶、真用情、真用心。

2018年春，窦代红老人换了一身新衣，在家人的陪伴下进了城。商品琳琅满目、大马路车水马龙……老人看得眼花缭乱。回村后，老人对乡亲们说，这城里呀，吃的穿的用的，要啥有啥，样样不缺，这辈子遇上了好政策，我算是没白活一回。

“太阳走，我也走”

余媛媛是金刚台村的扶贫专干，开着私家车，当起了我们的向导。在金刚台村老湾组追踪式农光互补光伏发电站前，小余指着太阳能电池板，亮开嗓子唱了起来：“太阳走我也走，太阳照亮致富路、致富路……”曲是《月亮走我也走》的曲，词是新填写的。小余声情并茂的演唱赢得大家的热烈掌声。

615 块太阳能电池板如同整齐列队的士兵，无声地执行着太阳发出的指令，定时转换角度，接受阳光的检阅。

捐资 165 万元建成的全省首座跟踪式农光互补光伏电站，是国网安徽省电力有限公司“因地施策、精准扶贫脱贫”的又一力作。

很长一段时间，金刚台村依靠维护国家公益林补贴的 3 万元维持村支两委日常开支。有人比喻，当时的村集体经济就像一床儿童毯，盖得了头却盖不住脚。举债过日子，哪天是个头啊？村里想为大家办点事，苦于手头吃紧，拿不出真金白银来。村干部说话底气不足，在群众中没有号召力。

村集体有稳定经济收入来源，是贫困村脱贫出列的一项重要标准。大河有水小河满——道理谁都懂，可做起来就不那么容易了。

2016 年年初，村集体从老湾组余敦奎、佘本望等 4 户村民手中流转了光照充裕的 7 亩荒山坡地，谋划建设跟踪式农光互补光伏发电站。经过一个月的土地平整，三块梯级光伏发电站建设场地成了规模。一人多高的钢构架整齐排列，托起 615 块太阳能电池板，悄无声息地将太阳能转换成电能，再通过附近的专用变压器送入大电网，为村集体经济积聚财源。

张勇细心地算了一笔账，跟踪式农光互补光伏发电站年发电量比普通的光伏发电站多 15% 以上，一年下来，电站少说也能为村里挣二十多万元。这对村集体来说可是一笔不少的收入。太阳能电池板下套种的茶叶也有三个年头了，再过两年就是丰产期。7 亩茶园管理得好，一年也能有3万到5万元收入。

村集体有了收入，村支两委班子不再因环境保洁、文体器材养护缺钱而犯愁，因病、因灾、因学返贫的家庭也能及时得到救助。剩下来的钱还可用来“再造血”，进一步壮大集体经济，用于金刚台村脱贫后推进美好乡村建设。

老湾组余敦银夫妇上有老人要赡养，下有三个孩子读书，被列入贫困户。村里专门拿出公益岗位，让他的爱人为村道保洁，每天工作两三个小时，月收入500元。贫困户入股的集中式光伏电站，每年可分红3000元。两项加起来，他家一年就有9000元的固定收入。他外出打工，每年也能挣两三万元。2018年9月，余敦银一家领到了脱贫光荣证。

对像余敦银一样的贫困户，村里安排了40多个公益岗，支出都从村集体收入中开销。村里的道路有人扫，路灯有人管，村集体的茶园有人打理，村干部说话的底气也足了。

光伏扶贫在金刚台村100%全覆盖。全村237户贫困户中，有65户贫困户安装了分布式光伏电站，可按期结算售电电费。另外172户贫困户以光伏入股的形式，每年可享受集中式光伏电站的分红，户均年得3000元左右。

2018年6月16日，金刚台创福合作社第一次为全村股民分红。金刚台村分红啦！这在汤家汇镇12个行政村中还是头一回。农民变股民，虽然只是一字之差，却让大伙有点不适应。拿着一摞红彤彤的票子，贫困户们喜出望外。

“金刚”再下山

绿水青山就是金山银山。以前，金刚台村村民守着“金山银山”，还有成片成片的“摇钱树”，却穷得叮当响。

九山半水半分田，是金刚台地貌环境的写照。20世纪70年代，村民们手拉肩扛，在半山腰和山脚下连片开辟出千余亩茶园。茶叶加工出来后由供销系统统购统销，不愁销路，成了“摇钱树”。村里的“文化人”还给茶叶取了个寓意深刻的名字——“金刚雨露”。十里八乡一拨

国网安徽电力（六安大别山）共产党员服务队走进金刚台茶产业基地提供用电服务
王文 / 摄

接一拨的人前来“取经”。

包产到户后，茶园分给了农户。山里交通不便，信息闭塞，村民销售渠道有限，种田和采茶的收入微薄，难以维持生计。村里的青壮年外出打工，留守的多是老人、妇女和儿童。千亩茶园疏于修剪，茶树与荆棘同生共长，纠结缠绕。没几年，速生的杂树蹿出丈余高，树冠向四周伸展，遮盖了茶园。享誉乡里的“金刚雨露”渐渐没落，商标也被外乡茶商抢先注册。

近些年，高山绿茶市场越来越红火。这让接替张勇担任驻村第一书记的王德看在眼里，急在心里——老区脱贫既要重视外部“输血”，但归根结底还是要在产业“造血”上多下功夫。何不借船出海顺风扬帆？

于是，引进一个龙头企业、创建一个品牌、带动一百个茶叶种植大户、修建一千亩茶园、带动一方奔小康的“五个一”工程，在保护绿水青山做大茶产业的反复论证下出炉了。

王德一心想引企业进村，有针对性地跑了十多家企业，可对方要么提出了苛刻条件，要么说时机还不成熟……

这一个工程办下来都不轻松，更何况五个？关键时刻，国网安徽省电力有限公司再次站出来，决定筑巢引凤，捐赠 290 万元建起了 1500 平方米的标准化厂房，投产了一条现代化制茶生产线，形成茶叶加工、展示、品鉴和销售“一条龙”茶叶产业园区。优厚的条件引得省级农业产业化龙头企业——安徽金龙玉珠有限公司这只“金凤凰”飞到大山里。企业出资租赁村集体的厂房，按质论价，包收村民采摘的茶叶鲜叶。

成片茶园的修复又是件不容易的事。村里“以奖代补”，每亩给予 200 元到 500 元不等的酬劳，鼓励村民上山清理茶园。这招果然奏效，村民揽下荒弃的茶园，腾出时间，或自己动手，或请人帮忙，清除杂草荆棘，砍掉灌木丛。

春天来了，修复的茶园生机盎然。茶叶开采时节，金龙玉珠有限公

金刚台村一角　王文 / 摄

司请农艺师上山，传授“一叶一心”的采摘技艺。习惯了传统采摘方法的村民们干起精细活来，刚开始多少有点手忙脚乱。适应了几天后，村民每天采摘的鲜叶虽然没有以前多，质量却高了不少。他们将采摘的茶叶鲜叶送进厂里，换成现钞。

从谷雨到立夏，整个茶叶采摘季，金刚台村男女老少几乎全体出动上山采茶，手脚慢的一天能挣100多元，动作快的一天挣三五百元也不新鲜。

看得见摸得着的实惠摆在了眼前，村民们在一些不适合播种玉米、棉花的旱地里也种上了茶苗。丢失的“金刚雨露”品牌因离开滋养它的土地，渐渐被人们淡忘。端坐云端俯瞰人间变化的“大力金刚”又一次

被请下山来，造福金刚台村——2018年，新品牌“金刚毛峰”成功注册，经过两年打造，现在已成为大别山区小有名气的高山绿茶品牌。

2019年，金刚台村新建的茶厂开始收购村民采摘的鲜叶，一个茶季能加工干茶2000余斤，又让村集体增收5万元。55户贫困户靠着出售鲜叶，户均增收1000余元。目前，金刚台村已建成和改造老茶园1000余亩，高山茶园已具规模。进入盛产期后，预计全村茶叶产业年收入可增加至400万元，提供就业岗位100多个，带动贫困户户均年增收6000元。

金刚台村电网改造升级工程也是年年有项目，孙山台区、黄林台区、新屋台区、梅河新茶厂台区相继投运。近五年，国网安徽省电力有限公司投入402万元，改造10千伏线路6.9千米，新建、改造配电台区共6个，变电容量由300千伏安增至1600千伏安。全村户均配变容量达2.7千伏安，超过全国农网平均水平。

对已脱贫的金刚台村，国网安徽省电力有限公司决定“扶上马还要再送一程”。2019年年底，金寨县供电公司总经理李冬森接棒王德，担任驻金刚台村第一书记。这位脑子灵光的“领头雁”，上任没多久就遇上了新冠肺炎疫情。村民们喂养的家禽家畜卖不出去，春季新茶滞销，一向低调的李冬森主动当起“网络主播”，为村民带货。

六年的时间不算很长，但对金刚台村来说，从2014年到2020年这六年却很长，长到令这片土地起了翻天覆地的变化。

如今，三五成群的游客走进金刚台村，吃农家土菜，听鸡鸣狗吠，陶醉于天然氧吧中……看得见青山，望得见绿水，记得住乡愁。乡村美景如诗如画，在人们眼前展开。

让阳光洒满每一个角落

周玉娴

脐橙通过电动索道出山　雷勇 / 摄

一

在中国的版图上，长江是一条流经 11 个省域滋养华夏民族和文化的大河。穿越千年时光，这条大河蕴藏着巨大的能量，沿江的地理人文历史景观足以激发长江流域激昂的文化脉搏。长江三峡一段，江水的巨大落差为三峡水利工程提供了源源不断的能量，也承载了两岸人民对美好生活的无限向往。在长江三峡西陵峡之畔，有一座古城名叫秭归。秭归是三峡库区首县，中华文化名人屈原故里。秭归县名来源于《水经注》："屈原有贤姊，闻原放逐，亦来归，因名曰姊归。"21 世纪初，为了修建三峡大坝，秭归县城从原来的归州古城迁到今天的新址茅坪镇。

2017 年 2 月，我踏上这片向往已久的土地时，仍然能领略到楚地的久远遗风和独特民俗文化，屈原的千年文风和气质，给

秭归留下了颇具特色的人文景观。然而，我此行的目的却是要采访当地百姓脱贫攻坚的事。秭归县，至今仍是国家级贫困县。

党的十八大以来，以习近平同志为核心的党中央把扶贫开发摆到了治国理政的重要位置，提升到事关全面建成小康社会、实现第一个百年奋斗目标的新高度。习近平总书记在党的十九大报告中提到，从现在开始到 2020 年，是全面建成小康社会的决胜期。到 2020 年，我国现行标准下农村贫困人口实现脱贫、贫困县全部摘帽、解决区域性整体贫困，如期实现全面建成小康社会的奋斗目标。

早在 2015 年 11 月，在中央扶贫开发工作会议上，以习近平同志为核心的党中央就吹响了脱贫攻坚战的冲锋号，要求国有企业承担更多扶贫开发任务。国资委要求，央企要主动作为。

1995 年，原电力工业部按照国务院部署承担湖北省秭归县、长阳县、巴东县和神农架林区“三县一区”定点扶贫任务。国家电网公司组建后，肩负时代使命，牢记殷殷嘱托，把人民电业为人民作为一切工作的出发点和落脚点，继续承担“三县一区”定点扶贫任务。到 2016 年，公司累计向“三县一区”投入电网建设资金 19.4 亿元，帮助贫困地区通电、通路、通水，改善医疗、卫生、教育条件，带动产业发展等。

2016 年，进入扶贫攻坚的首战之年，国家电网有限公司党组明确要求，公司坚决贯彻中央打赢脱贫攻坚战的战略部署，为服务脱贫攻坚做出更大贡献。

落实需要担当，操作必须精准。一个具有行业特色的“国网阳光扶贫行动”方案由此出台。2017 年，国家电网公司为湖北“三县一区”全资援建了 236 座村级光伏扶贫电站，秭归就是受益县之一。光伏扶贫电站是“国网阳光扶贫行动”的一部分，这项行动从 2016 年开始，计划 3 年完成，实施工程包括：用三年时间实施三大工程，即实施村村通动力电工程，投资 212.7 亿元，实现 7.8 万个自然村通动力电，其中建档立卡贫困村 3.3 万个；投资 32 亿元，完成国家光伏扶贫项目接网工程；投资 7.27 亿元，完成湖北、青海两省五县区定点光伏扶贫工程。

将扶贫行动以阳光命名，我想，这里应有几重含义：一是这项扶贫计划是要让定点扶贫地区的每一名贫困人口得到扶助，犹如摆脱贫困的黑暗，沐浴到温暖明亮的阳光；二是国家电网有限公司发挥行业特色，将光伏扶贫项目引入到扶贫计划中，为定点扶贫的区县建设光伏电站，金色的阳光既能转化成稳定的电流，也能变成实实在在的资金，成为他们摆脱贫穷和困境的希望。

在具有典型峡江地貌的秭归县，长江水将县域地面切割，境内群山相峙，气候垂直变化明显，峡谷地带云蒸霞蔚，阳光非常可贵。“国网阳光扶贫行动”正将一束温暖的阳光照在秭归的青山绿水之间。

二

2017年3月中旬的一天，当我走进建东村韩潇家的时候，他正在家里的暖桌旁复习功课。他是建东村里有名的好学生。身材瘦削，头发有点蓬乱，灰色的衣服有点单薄，眼神黯然。他今年18岁，刚刚考取武汉理工大学汽车工程学院，读了一学期大学，回家过寒假。家，是一幢水泥平顶房子，堂屋除了一个旧暖桌，别无他物。

韩潇的父亲常年在外打工，弟妹是一对双胞胎，去年刚查出患了疑难病，母亲陪着在医院看病。每年3900元的大学学费，都让这个家庭难以负担，况且子女生病，又是疑难杂症。村干部陈姿霖说：“生在贫寒人家，韩潇非常懂事，可惜了他的才华。”她让韩潇拿出画本给我看，一幅幅线描人物画十分逼真，这都是他自己自学的，没有上过一堂专业课。

“韩潇不知道情况，开学在学校也没有申请到免学费。”陈姿霖为他抱不平。陈姿霖说，村里有心帮助他，可惜村集体没有收入，而他家已经领到了大病补助，他父亲的打工收入超过了国家的贫困救助线。

2006年，国家废除延续千年的农业税，标志中国进入改革开放转型新时期。这意味着，在我国沿袭两千年之久的这项传统税收彻底终结。停止征收农业税不仅减少了农民负担，增加了农民的公民权利，体现了现代税收中的“公平”原则，同时还符合“工业反哺农业”的趋势。可是，农业税取消后，村集体经济陷入困境。村里没有资金，无法直接改善村民生活条件，也降低了村委会的影响力和号召力。王功高说：“增加村集体经济是巩固根基，有句话说‘基础不牢，地动山摇’。”

和建东村一样，在秭归县，所有的村级财力都很薄弱，没有钱，对

有特殊困难的人家，村干部也没办法。而集体经济是村级财力的主要来源，是发展农村公益事业的物质基础，也是实现精准扶贫和农民增收致富的现实需要。

春日的阳光照在了建东村泗溪河的河沟里，河水冲击着石头哗哗地响，也照在了山谷里那一片耀眼的蓝色光伏板上。打眼一看，山水田园的诗意村庄和国家电网公司精准扶贫村的身份不怎么相称。

陈姿霖说："县政府和供电公司合力，通过易地搬迁、大病救助、助学基金、民政兜底和产业扶持等途径，建东村已经摘了贫困村的帽子。曲辉书记又解决了村里电和水的大问题，但是今年还有 71 户建档立卡贫困户，是最后最难脱贫的一部分人了。"我关切地问陈姿霖："你们有啥打算？"她笑着说："这一片光伏不就是希望吗？"

我走到谷底的时候，发现这一片片蓝色的光伏板在田间格外显眼。电站周围是村民种的绿色果蔬，中间是供电公司"种下"的蓝色光伏板。秭归县供电公司的光伏专责李宜林指着一块绿色的巨型标识牌对我说："那是建东村的国网阳光扶贫光伏电站示范点。"

2016 年，在村委会的帮助下，李宜林选中了这块地。因为是熟地，他们就采取农光互补的模式，光伏板下面是喜阴植物小叶中华蚊母。这种植物是国家二级珍稀植物，观赏性高，经济价值可观。

"去年 6 月 28 日进场施工，8 月 31 日并网，我们几乎每天都是一身汗水一身泥。"李宜林带我们走进光伏电站的控制室，指着一组数据说，"你看，从功率曲线看，早上 8 点开始，发电效率节节攀升。"按照国家光伏发电标杆电价每千瓦时 0.98 元测算，这座集中式光伏电站装机容量是 800 千瓦，将来一旦投运，收益将相当可观。而且电站的生产运行周期是 25 年，收益稳定。陈姿霖告诉我，光伏电站收益分配方案出台后，还会给村里的贫困户带来好消息。

秭归县扶贫攻坚办副主任王维介绍，在贫困村脱贫出列评估验收表上，集体经济收入必须达到 5 万元。建东村有了光伏电站，在市级验收中，达到了"村出列、户脱贫、人销号"的目标。村级光伏电站属于"造血式"扶贫，一次投入多年受益，贫困户和贫困村集体经济收入实现了双向增长。

2016 年年初，村民对光伏电站都还不是很支持，因为村里本来土地资源就紧张，村民不愿意将自家的土地出让，建光伏征地比较困难。还有就是未来的光伏电站发电收入分配到底该怎么分，村民心中都各自打着算盘。村民担心自己的土地被占，但自己将来可能得不到任何利益。“不患寡而患不均”，这种心态导致了在秭归建光伏电站，有了困难。

“办法总比问题多。”李宜林是光伏专责，他有的是办法，因为他背后是秭归县供电公司，是国家电网有限公司。

在秭归说光伏扶贫，一定会说到李宜林。

在 2016 年之前，李宜林也不知道，自己将会如此重要。

这个戴着茶色近视眼镜，笑起来憨厚腼腆的秭归县供电公司光伏专责，怎么看都还像个刚毕业的大学生。第一次遇到李宜林，我没太注意。黑黑的面庞，不到 1 米 7 的身高，穿着一件老旧的夹克，剃着平头。

在雷勇给我介绍的时候，我只听到专责两个字。实际上，后来的几天，我才发现他可是个老到的交际高手。白天，他站在秭归建东村泗溪河边的小土山上，指着山坳里那片光伏电板，一副指点江山的样子。晚上，他和秭归县扶贫办主任王功高一边喝着酒一边吸着香烟，又是一副精明能干的样子。我心中默想，还真得有这样一个人来干光伏，有理想的情怀，有实干的能力。

李宜林说：“我怎么也没想到，我做了一件大事。很多记者采访过我。”雷勇说，在光伏扶贫试验点还没有建设之前，供电公司其实只有他一个人在干这件事。为什么？供电公司的大事太多了，尤其在秭归，主业都人手不够。每年的农网改造就能让电网人奔忙一年，再加上三峡地区独特的地势，地震、泥石流、暴雨、雨雪冰冻——供电抢修一年四季都有，且干起来不分昼夜，到了关键时刻，几天不合眼是家常便饭。这时候，李宜林在一边静静坐着，笑着看着我们。后来我才知道，他曾经是“主业”上的尖子。

“你看，我一个人干这件事是有理由的。”李宜林倒是会自我解嘲。

我心里暗想：“是不是李宜林在主业上没啥能耐啊，被派来干光伏。”我的心事写在了脸上。我脱口问道：“你是啥专业的，哪一年毕业？干光伏之前，你在公司是干啥的。”雷勇立刻抢过话头：“哎呀，小李可是我们秭归电网的活地图。”雷勇的语气里分明是在暗示我别小瞧了李宜林。李宜林倒是不计较，将他的经历老老实实向我“汇报”。

1996 年，李宜林中专毕业，学的是机电专业。毕业后在九畹溪水电站上班。2012 年，通过考试考入秭归供电局（秭归供电公司前身）机关发展建设部工作。他的主业是做电网规划，因为专业能力强，他于 2016 年 2 月接手国网阳光扶贫工作。

“哎呀，难怪您是电网‘活地图’！”我才明白，带着钦佩歉意地说。

“嗯，秭归 186 个行政村，每个村的 10 千伏线路的走向、线径，从哪个电站接入我都一清二楚。”李宜林说到自己的能耐，一点没有自豪的样子，反倒是在陈述客观事实。

原来，2016 年，“国网阳光扶贫行动”在秭归的计划是建设一个 17 万千瓦的集中光伏电站。当时的秭归供电公司主要负责人徐满清找到李宜林，让他给这个 17 万千瓦的光伏电站做个规划，这样的装机容量如何接入电网。李宜林在脑子里扫描一番，回答：“行，您交给我吧。”

事实上，李宜林太知道这个难度了。

要想在秭归找出一块能做成装机 17 万千瓦光伏电站的土地，太难了。

秭归县域地势西南高东北低，东段为黄陵背斜，西段为秭归向斜，属长江三峡山地地貌。长江由西向东将县境分为南、北两部分，江北北高南低，江南南高北低，呈盆地地形。

由于长江水系，秭归县地面切割较深，大片平地极少，多为分散河谷阶地，槽冲小坝，梯田坡地。不管是自然环境所限，还是当地政策，都是严格规划土地使用的。

秭归境内山脉为巫山余脉，最高点云台荒海拔 2057 米，最低点茅坪河口海拔 40 米，海拔 800 米以上高山 128 座，2000 米以上高山 2 座。县域内多广大起伏的山岗丘陵和纵横交错的河谷地带。秭归又在“长江流域植物保护带”里，“八山半水一分半田”，土地之金贵，可见一斑。

“我是秭归人，我要让阳光扶贫落地，帮当地政府解决扶贫问题，让乡亲受益，这也是我人生中的一件大事。”李宜林的话语让人动容。

建设集中光伏扶贫电站有难度，那就分散建。

实际上，集中光伏电站对电网最有益，可以集中接入并网。分散式的光伏电站，会给当地电网带来不小冲击。一座大电站发电，接入电网十分方便，可是要将几百个发电的点散布在秭归 2427 平方公里的县域面积上发电，供电公司就要付出百倍的精力。

为了秭归3万多贫困户的希望，国家电网公司毅然决定将麻烦留给自己，将方便送给困难群众。

2017年年初，国家电网公司全额出资4.57亿元，在湖北“三县一区”所有建档立卡贫困村，每村建设200千瓦光伏扶贫电站，投运后捐赠给村集体，帮助32253户96666名建档立卡贫困人口脱贫。电站项目实现236个建档立卡贫困村全覆盖，电站收益精准落实到贫困村和贫困人口，电站发电保障长期稳定收益，这个思路体现了国家电网有限公司光伏扶贫“全、准、稳”的思路。

236个电站，秭归县占了47个。秭归县供电公司将县域内186个行政村中的47个建档立卡贫困村作为国家电网公司第二批村级光伏扶贫项目的帮扶对象。而李宜林正是筛选帮扶对象的直接联络人。

这47个电站建在哪里，成了李宜林的心头事。

他辗转在秭归12个乡镇47个贫困村，他说他是用脚在丈量故乡的土地。

当时，分管李宜林工作的秭归县供电公司相关负责人梁坚每天都要听取李宜林的汇报。一来二回，俩人虽是上下级，却又成了好朋友。有时候，累了一天，李宜林见到梁坚还会调侃：“大王叫我来巡山，我把秭归转一转，这里的山，这里的水，需要光伏来帮扶。”

梁坚非常理解李宜林的难处，所以，他给了李宜林最大的“自由”和“权利”。秭归县供电公司最好的车，李宜林随时可以调用，李宜林不用朝九晚五地来单位打卡坐班，甚至在选址和基建过程中一些决定，也由李宜林全权代表供电公司处理。

梁坚，自从和曲辉一起寻找水源，就深知扶贫不是一件容易的事。他说：“李宜林，我放心，你不用催他，他自己比我还着急。”

的确，那段时间，李宜林没白天没黑夜地跑。

正好，那是一个夏天，白天时间足够长。早上7点出发上山，晚上10点才往回赶。后来，单位的司机都不愿意和李宜林合作了。有师傅说，一个公家单位的人，把单位的事情当成了自家的事情，不说山路难走，不说周末加班了，就是连晚上睡觉都不能保证，谁敢去给他开车。李宜林知道师傅们心里不乐意，他和梁坚一合计，干脆也不为难师傅们

了，他自己租了一辆专跑山路的车。

为了做成光伏扶贫项目，李宜林可谓殚精竭虑。我问他："是什么支撑您如此辛劳?"李宜林笑眯眯地和我说起了让他记忆深刻的几件事。

三

2016年4月的一天，一早天空就飘着小雨，李宜林望着阴云密布的天空，叹了口气。这样的天气，在秭归是常有的。峡江地貌，阴湿多雨，适合电力施工的好天还真是不多。要在2017年6月全面建成光伏扶贫电站，一天都不能耽搁啊！顾不上天气可能会变差的情况，李宜林一早就去了前几天计划好要去的梅家河乡。

梅家河乡是距离秭归县城最远的一个乡镇，以出产板栗闻名，有"板栗之乡"之称。

乡政府驻地在鲁家湾村，距秭归县城125公里，且多为山路。

那天，一出县城，雨又大了一些。两边的绿树在雨水中洗得发亮。县级公路还好，到了梅家河乡还有一段没有铺沥青的乡级公路，十分难行。还好，司机师傅是开惯了山路的，一路刹车、急停、拐弯，不停地操作着。

小雨一路未停，师傅也不敢开快车，本来3个小时左右的路程，足足开了将近5个小时。等李宜林到梅家河乡的时候，一下车，两腿发麻。远远地，梅家河乡书记袁军就站在乡道主路边等着。原来，他一大早就等在这里，一步也不敢离开。等走近，李宜林才发现，袁军的腿有些不一样。之前，袁军下乡走访贫困户时，走山路把脚崴了，还没恢复好。

李宜林说："袁书记，您找个人带我去就好了。"袁军连连摆手，说："不行，他们我不放心，我还指望您给我们多建几个光伏呢!"

说完，袁军打着伞，率先带着李宜林去看他们早就选定的几块地。袁军一瘸一拐，走在山坡上，让李宜林非常感动。袁军说，梅家河乡太偏远了，路又不好走，健壮的年轻人都出去打工了，走不出去的人日子过得苦啊！听说供电公司要建个光伏板扶贫，大伙儿都盼着呢！

"李工，你看我们按要求初步筛选了几块地，你再帮忙看看，要是都适合，就给我们几个光伏项目，在我们这儿多建几个光伏电站。"袁军说话诚恳，李宜林印象深刻。

2016 年三四月间，50 多天，李宜林跑遍了秭归 100 多个行政村，爬过了秭归每一座山，每天接听将近 200 个电话，和每个乡镇的书记镇长打交道。

“如果每个电话接听两分钟，一天下来就是 400 分钟，得六七个小时呢！”说到这里，李宜林自然地端起手中的杯子喝了一口水。他说他那段时间嗓子几乎说不出话来。早出晚归，深夜一到家就成了闷嘴葫芦，一句话也不说。妻子问他，他只是挥挥手，脸部做个回复的表情，弄得妻子意见老大。可是看到他一身疲惫，妻子心又软了，跑去药店给他抓清火润喉的草药泡水喝。

李宜林深知光伏电站站址的朝向、日照时间等因素，直接关系着电站的收益、老百姓的真金百银。

可是选址那段时间，雨水总是伴着李宜林。他说，那段时间他是和雨缠上了。

又一次下大雨，他去沙镇溪镇选址。那雨真是大啊！才 4 月间，雨就扯着帘子下开了。山间的树一动不动，在雨中被打得抬不起头。溪流哗哗地响着，冲下山来，直冲到路上。水泥路上都铺上了薄薄的溪流，车子过后，嘶嘶地响。李宜林和沙镇溪镇镇长正在林间看地，伞成了摆设，雨水从四面冲来，他们除了肩膀以上，身上都湿透了。沙镇溪镇曾经是秭归县小煤矿集中的地方，近年小煤矿关停，老百姓没有生计。改种柑橘，又没有成规模，日子难。

“在实施光伏扶贫项目过程中，你觉得最难的是什么？”我问。

“我恨不得自己是孙猴子，可以七十二变。”李宜林腼腆地笑了笑，又露出了一副学生样子。

那段时间，李宜林最大的压力来自自己。整个项目实施中，只有他一个人。一个人跑遍秭归的大山，一个人和乡镇交涉项目用地，一个人组织施工。也就是一个光伏扶贫项目从设计、选址、招标、建设到验收、竣工、运维等，都是只有他一个人。甚至，光伏电站建好后，上级领导来视察，电站里的展板和向领导汇报的材料，都是李宜林准备的。

此话不虚，因为我见识到李宜林的细致。

当我们走进泗溪河畔的建东村的时候，那一片种在山坳里的光伏电板就是他的杰作。进到电站里面，有一块展板因风倒伏，电站里运维的人员没有在意，李宜林走过却要将展板扶起来，还指着上面的一些数据说，这些都还是去年并网后的数据，现在应该更新了。

那段时间苦啊，每天下乡，李宜林都要带着笔记本，每晚写汇报，报告进度。第二天又要去"巡山"。李宜林自我解嘲："我的工作很重要，牵动着国家电网有限公司领导的心呢。"我说："不光牵动着国家电网有限公司领导的心，还牵动着国家领导人的心呢！"李宜林想了想，说："其实，光伏牵动的还是老百姓的心。"

在九畹溪镇界垭村的光伏电站施工中，电站旁边的贫困户是一名老党员，每天烧了茶水送到工地，李宜林见到老人佝偻的背影，十分不忍。不让他送茶水，可是老人说："天这么冷，你们是党中央派来帮扶我们的，我得给你们喝热水。"每次看见李宜林，他都拉着李宜林的手唠家常。李宜林说，贫困群众对光伏电站的支持和关心，犹如冬日的阳光，温暖了人心。如今回想起来，心中都是满满的幸福和感动。

在光伏电站建设中，李宜林不仅收获了感动，还结识了一批志同道合的人，他们心中装的都是扶贫的大事。

秭归有个两河口镇，两河口镇有个中心观村，中心观村有个能人叫鲁奎。鲁奎初中毕业后，就往返于村里和集镇之间，贩卖家电，挣了钱盖了新房子。在中心观村，他家过得不错。

2014 年，中心观村的村民们推选他当村党支部书记，没法拒绝乡里乡亲的好意，34 岁的鲁奎把生意交给妻子，回村干起了村支书。一干才发现，这村干部还真是不好干。

秭归县有一条重要的贫富分界线——海拔 600 米。

在秭归，低于海拔 600 米的地区，可以依靠种植橙子、枇杷等作物增加日常收入，在一些交通便利的地区，随着电商平台的延伸，还有成功致富的案例。

但是海拔高于 600 米的地区，能够种植的除了烟草、高山辣椒，就只有玉米、土豆和地瓜，加上高海拔地区交通不便，更加剧了脱贫的难度。

中心观村的平均海拔就超过了 1000 米。

中心观村是个"空壳村"，集体经济收入是零。为了脱贫，鲁奎咨询过建有机肥厂，但中心观村养猪数量不到一万头，办厂条件不够，集体经济收入成了绊脚石。村集体没有经济收入，村里连修条好路的钱都没有，一到汛期，六七公里的土路就垮了。鲁奎还得去镇里乡里“化缘”。可是汛期的时候，两河口镇19个村一个林场，都是来要钱修路的。

鲁奎这个村干部当得真是辛苦。

2016年3月，他认识了李宜林。从那天开始，鲁奎像是看到了“活菩萨”，他心里的算盘一打——“赤手空拳”脱贫，他当时那个眉开眼笑啊！“光伏电站卖电挣钱，是给村里办了个活期存折，旱涝保收啊！”鲁奎心想。

“嗨，兄弟，你来了。”每次，鲁奎见到李宜林，第一句话就是这句。为了得到光伏电站这件脱贫利器，鲁奎生生认下了这个兄弟。李宜林也是觉得投缘，认了这个兄弟。这份亲热没有血缘关系，是从2016年12月那天开始的，李宜林记忆深刻。

12月25日，是西方圣诞节，李宜林回忆他根本不记得这个节日，那天他是在两河口镇中心观村度过的。之前，他就和中心观村的鲁奎书记联系好了，要去选址。可是，跑了一天，也没有找到合适的地方。

12月26日，李宜林只好按照计划去了郭家坝镇西坡村选址。谁知道，他一大早刚要出发，就接到鲁奎电话。“兄弟，你别走，我找到地儿了，我来了。”话音刚落，李宜林就听到了门口有喇叭声。原来，鲁奎琢磨了一夜，把中心观村巴掌大的地都过筛子一般筛了一遍。突然，他灵光一现，想到了二组的社仓包。他知道李宜林忙，于是夜里4点起床，叫上亲戚开车送他到秭归县城找李宜林。因为是盘山路，足足开了一个半小时才到。

他一把拉住李宜林的手就不想松开，说：“我想到一块地，肯定行，你得重新帮我们踏勘一下。”李宜林看见鲁奎打着伞在路边等他，心里有暖流涌动。鲁奎身上那股子倔劲和自己多像啊！

李宜林被“拉”上了车，去中心观村。其实就在头一天，他们看的地非常不错，可那是块林地。国家有严格要求，擅自占用林地是违法的。鲁奎十分迫切，说要是罚钱，他们认了，要是坐牢，他也认，但务必要在中心观村建6亩光伏扶贫电站，那是全村人的希望啊！鲁奎眼中的殷切，李宜林不是没有看到，但是光伏扶贫项目有自己的原则，那就是决不能触碰

国家的土地红线。那晚鲁奎彻夜难眠，才想到了这个办法。

李宜林对我说，光伏选址有“三靠一好”原则，就是靠近公路、靠近居民、靠近电网，地块朝向好，但可以根据村子的实际状况，变通部分选址原则。

很快，李宜林、鲁奎，以及两河口镇分管扶贫的负责人，国土、林业部门负责人齐聚中心观村，一起找到了一个名叫射场包的地块，虽然有些偏远，但是综合条件相对较好，收益会相对稳定。

坚守着“扶贫效益最大化”的初心，李宜林先后去了四次，最终才选准了站址。中心观村的光伏扶贫项目落地了。

4 个月后，一座崭新的光伏电站矗立在中心观村的西南角。

现在的鲁奎，完全没有当初争取不到项目不罢休的狠劲儿，倒是时不时露出憨憨的笑容，一边搓手一边说：“项目建完就是中心观村的集体资产，这下村委会有了自己的资产就好办事啦，真心感谢国家电网公司。”

按照计划，秭归县 47 座村级光伏电站共分三批进行建设。第一批建设 16 座，4 月份完成建设；第二批建设 16 个，5 月份完成建设；第

李宜林查看光伏扶贫电站安装情况　　雷勇 / 摄

三批建设15个，6月份完成建设，总容量9.86兆瓦。

村里的光伏电站成了鲁奎带领村民脱贫的动力。按照一度电0.98元的上网电价，中心观村光伏电站投运后每年将给这个村带来可观的收益。

友谊的时间不长，友情却厚重得很。李宜林加了我的微信，我问他，为什么和鲁奎这么好。他回答："为了同一个光荣的使命，我们的友谊不仅是合作关系，还有一种崇高感。平常的日子，可不会有多少高尚的情感呢。"

对呀，在这场事关秭归老百姓民生的大事件中，脱贫，走上致富的道路，让很多不相识的人走到了一起。隋代王通说："以利相交，利尽则散；以势相交，势败则倾；以权相交，权失则弃；以情相交，情断则伤；唯以心相交，方能成其久远。"就李宜林和鲁奎来说，他们之间有"利"，这个利不是一己之私利，而是公利。鲁奎是中心观村村支部书记，是基层党组织代言人，他的一举一动关系党在基层的权威。李宜林是供电公司的扶贫光伏专责，他代表了国家电网公司在扶贫这件事上的决心。

至今，李宜林和鲁奎还会通通电话。李宜林要了解光伏后期维护，鲁奎则像老朋友一样和李宜林说说村里的事。他们的心被光伏牵到了一起，都是为民为公的情怀，他们惺惺相惜。

2018年1月，李宜林写下了这样一段文字：回首过去的一年，我感慨万千。当我想到，我参与建设的湖北省秭归县47座村级光伏扶贫电站傲然伫立在贫瘠山区的一角，为7489户贫困户送去光明和希望，照亮屈原故里贫困百姓脱贫攻坚、共奔小康的致富梦时，作为一名普通的供电人，我尤为自豪和荣耀。2017年，我迈出了一条对党忠诚的承诺践诺之路，7月1日，我光荣地从一名预备党员转为正式党员。

2017年5月，初夏的宜昌，草长莺飞，绿满山川，风光宜人。

一场全国光伏扶贫现场观摩会在这里召开。会议由国务院扶贫办、国家能源局举办。

在了解到国家电网有限公司为湖北"三县一区"出资建设光伏扶贫电站的情况后，国务院扶贫办主任刘永富给予了高度赞扬，他说村级光伏扶贫电站成本低、占地少、并网易、贫困户受益比例高，国家电网有限公司出资在定点扶贫县建设光伏电站，是将定点扶贫与光伏扶贫有机

结合的又一次创新。会后，国务院扶贫办、国家能源局将联合下发文件，在全国主推村级光伏扶贫电站建设模式。

扶贫到了攻坚拔寨的阶段，脱贫不落一人一户，这是死命令，也是硬骨头。国家电网有限公司在“三县一区”建设的236个村级光伏扶贫电站已经全部建成投产，每年可为每个贫困村提供帮扶资金约19万元。

2017年12月，建东村2017年光伏扶贫电站全年累计发电量75.76万千瓦时，电价按0.98元每千瓦时计算，一年收益就达74.2448万元。韩潇得到了建东村村委的帮扶，以后在学校的生活费不再令他发愁了。

“11月光伏电站发电量13085千瓦时，结算电费5444.67元，转账成功。”2017年12月28日上午，鲁奎收到李宜林发来的消息。后经村委会和村民集体商议，光伏电站发电累计产生收益将用于村里基础设施维护、贫困户就业、村民教育、救急救难和产业扶持。

2017年，中心观村顺利“摘帽出列”。

袁军看着山岭中的那一片蓝色光伏板，心里盘算着如何给乡里的贫困户买上核桃树苗，再让他们去县里组织的培训班学习种植技术。

有了光伏扶贫电站这笔钱，国家电网有限公司给贫困村和贫困户托了底。

阳光，给予人温暖和光亮。

电，给予人温暖和光亮。

在秭归，当阳光转化为电的时候，当那高山峡谷间生长出一片电的田地的时候，“国网阳光扶贫行动”就成为照进贫困群众心间的光。这光，温暖明亮，能够驱散寒冷贫困和黑暗；这光，照亮了新时代秭归人民的美好生活。

小河村有面“笑脸墙”

魏 艳

小河村的农光互补扶贫车间　　国网湖南电力供图

一

小河村有面“笑脸墙”。

“笑脸墙”上照片中的人都是小河村村民，他们或端坐堂屋，或行走茶道，或背着娃儿，或纳着鞋底。对着镜头，他们最初有点放不开，当被问到“眼下日子咋样”时，他们的脸上就绽放出甜蜜的笑。

村民刘耀平因残致贫，以前在广州、长沙打工，挣钱不多开支大。今年，他回乡后被聘为车间制茶工。“一天工资有一百，平时还可以摘茶叶。套句城里人的话，这叫钱多事少离家近。”刘耀平说。“笑脸墙”上照片中的他正在扶贫车间整理茶叶，弯腰展眉正笑着。

小河村村民在直播卖蜂蜜　　国网湖南电力供图

外号“刘磨王”的刘颂华67岁，前半辈子只会种地，一年到头收千斤稻谷、二十担红薯。自打扶贫队进村，乐观好学的他跟着扶贫队“磨”上了蜂蜜养殖，“磨”上了短视频，“磨”起了年轻人的玩意儿，当起了主播，搞直播销售。“宝宝们、老铁们，喜欢我请关注我，我是小河村最靓的仔，么么哒！”直播间里的“刘磨王”拿着土特产吆喝。照片中定格的那一笑，尽显生活美好。

日子舒坦精神足，村民们的笑，收都收不住。这些笑脸，是对国网湖南省电力有限公司3年扶贫工作最好的肯定。

2018年3月，受国网湖南省电力有限公司委派，谢历冰担任小河村扶贫工作队队长兼驻村第一书记，驻新邵县坪上镇小河村开展扶贫工作。

山高坡陡，与世隔绝，小河村位于金龙山下，因一条小河贯穿村庄得名。

这是个普通的村庄。村民日出而作，日落而息，过着中国农民最普通的生活。

这又实在是个不寻常的村庄。小河村生态环境极佳，那一湾清水是有“生物活化石”之称的中国小鲵的栖息地。

“三年扶贫，一波三折。”谢历冰将目光投向远方，那里群山巍峨、层峦叠嶂、溪水流长、云雾缥缈。

半山腰，当地村民唱起富有韵味的山歌：

小河之水天上来，山高水冷疟瘩暗。
九十九道坎弯弯，流来忧愁无人欢。

想要攀登山外山，翻越九个小河滩。
跨个水道九连环，再蹚九十九道弯。
不畏脚板磨破烂，难以到达青云端。

二

2018年年底，小河村瀑布边。

林石高耸，激流顺势直下，浪如惊雷。谢历冰临潭而立，面容隐有忧愁。他的心底，此刻正翻滚过惊涛骇浪。

这年3月，谢历冰初入小河村，挨家挨户走访、完善基础设施、改造升级电网、筹备水电站、确定黄桃种植规划、与龙头企业洽谈引进软籽石榴和碧根果种植等产业……他忙得马不停蹄。一切都那么顺利，好像一幅画卷在眼前缓缓打开，呈现出繁花似锦。

到了年底，情况摸实了、基础完善了、电网改造了，谁能料，即将落地的扶贫产业项目居然落空了！几个招商项目接连“流产”，对方负责人要么表示“暂缓”，要么“投资方向另有调整”。村民种下的黄桃树苗被铺天盖地的虫鸟囫囵吞没，只剩下秃了的树枝。排除了重重障碍，经过水利项目评审，一路通畅的水电站项目也在最终审批的时候卡住了。

……

质疑和颓败的声音四下响起：“雷声大，雨点小。”“‘镀金’演戏来的。”“小河村的穷根，哪儿那么容易拔。”

“平时有矛盾，我们是‘出气筒’；有了问题，我们就成‘背锅侠’！工作难干呀。”扶贫工作队队员像挨了霜的狗尾巴草，有点蔫了。

脱贫致富快，全靠产业带。一时间，谢历冰的嘴角急得长了泡。眼看着一年快结束了，再不拿出可行方案怎么办？脱贫擂鼓，越敲越紧，还有多少时间经得起蹉跎？没有捷径，只有再次寻找出路，才可以让小河村人重拾信心。

谢历冰想起第一次率队进驻小河村，眼前的景象让他有点意外：几条黄土路，20世纪五六十年代的老旧毛坯房，人均年收入不足2000元，村集体收入年年打白条，村民又瘦又穷，被山外人讥讽为“一窝山

猴子”。

一路走访来到村里年龄最大的谢容娭毑（方言，即奶奶）家。谢历冰刚说此行目的，就被娭毑一把拽住手：“山石难劈树难栽，山歌好听运难来。吃斋吃了八百年，财神老爷难进来。”谢历冰知道，小河村穷，穷得仅剩河水“哗啦啦”地响。娭毑是担心扶贫干部的决心不大呢。一派愁容的娭毑不撒手，谢历冰看到堂屋里挂着的毛主席画像，朗声起誓：“真是真，真铜打刀利过心，绿水青山变金银，不获全胜不收兵。”

瀑布的轰鸣在身后渐渐隐去，谢历冰健步下山。

一条小河水，沿着山巅曲线，从山顶铺展而下。时而隐身，时有消失，穿越九十九道坎弯弯，最后终于汇集起来，藏着雷霆万钧的气势，酝酿、起伏、激荡，犹如充满未知和挑战的扶贫征程。

三

当地流传：“娶女不娶小河妹，玉米红薯当嫁妆。嫁汉不嫁小河郎，一年四季杂粮汤。”小河村 1055 人，其中 84 户 326 人是建档立卡贫困户。小河村耕地面积少、交通不便，贫困户中留守老人多，劳动能力有限，集体经济空白，属于省级深度贫困村。

贫有百样，困有千种，找准办法最管用。快马加鞭，小鼓密锤，扶贫队在莽莽山乡寻找打开财富大门的“金钥匙”。

海拔 1273.8 米的金龙山北麓有大片原生态野生茶树。当地虽有百余年的制茶传统，但都停留在小作坊阶段。如果提升村民的制茶手艺，结合得天独厚的自然资源优势，这不正是脱贫致富的最佳途径吗？

事不宜迟，干！国网湖南省电力有限公司启用 45 万元捐赠资金，采取“村集体 + 合作社 + 农户”的经营模式，建成了野生茶加工厂。茶厂利润归村集体所有，村民按比例分红。扶贫工作队和村干部前往福建考察，请来了建瓯等地的制茶专家教授村民手艺。

2019 年 4 月，茶厂试产成功。扶贫工作队为“小河野生茶”注册了商标，申请了条形码，获得了食品生产许可证，并将产品纳入多个网站的全国扶贫产品销售名录。小河野生茶通过了“国家中小叶工夫红茶一级”鉴定，茶多酚含量达 13.0 克 /100 克，进入国家民委外事礼品采购目录。

从 2019 年的 2000 斤到今年的 5000 斤，小河野生茶年产值达 150 万元，成为小河村打开财富大门的“第一把钥匙”。

黑木耳种植，就是“第二把钥匙”。

扶贫工作队通过大数据调研发现，湖南市场上的黑木耳大多来自河南、浙江，本地产量很小。小河村日照充足、昼夜温差大，恰好适宜黑木耳生长。

2019 年 9 月，小河村首次下种 6 万株黑木耳。这可是个新鲜玩意，扶贫工作队宝贝似的小心供养着。黑木耳发芽的时候，晚上易招蜗牛“突袭”，大家就在夜间定好闹钟，眯着眼，打着手电筒在木耳基地巡逻。

春采茶，秋采耳。制茶是每年 4 月、5 月和 7 月、8 月。黑木耳 9 月下种，来年 2 月长成。木耳加工完，茶叶就紧跟着上。一绿一黑，两样特产，生产及加工周期完美错开。小河村人全年有事做，全年有钱赚。发展易储存、高附加值的干货产业，更是突破了地域交通不便、物流成本的限制。

谢历冰把这个道理细细告诉大家，村民的信心足了，笑容展了。

既要把产品送出去，又要把人请进来，这才是小河村财富大门的“第三把钥匙”。

现在的小河村，一座座漂亮小楼散落在山间，一条条宽敞的水泥路蜿蜒向前。小河村村容焕然一新，环境越来越美，扶贫工作队进一步打造“旅游 + 消费 + 产业”的扶贫模式。目前，小河村已成功举办了“5・12 魅力小河”“9・19 笑满三湘”等活动，吸引了 3000 多名游客。这还不算完，小河村又计划着举办采茶节、黄桃节，计划着发展“小河花海”、院落美化等项目，将乡村振兴战略融入脱贫攻坚中。

令村民和游客津津乐道的，还有“农光互补扶贫车间”。

因为小河村耕地面积少，所以谢历冰最初设想将光伏板安装在贫困户安置房的房顶，面积理想，日照充足，并和贫困户签订协议。无意中，一名贫困户嘟囔：“等脱贫后，我还想再砌楼层呢。”谢历冰一激灵：“是呀，光伏板的使用年限一般是 20 年左右，老乡再加砌楼层，就行不通了。"

谢历冰又"脑洞大开"，想到了农光互补。

2019年3月，占地770平方米、年发电量6万千瓦时的农光互补扶贫车间在小河村建成投运。

小河村人开了眼界，外来参观者一批接一批。棚顶是光伏板，可以发电，棚体是整玻璃房，棚内为加工车间。小河村党支部书记刘泽荣感叹："看这个车间，秒懂，产品在这加工、晾晒、储存、展示，过程透明又干净环保，嗨，绝了！"

不过，建设过程倒是费了不少工夫。工人师傅没听说过能将光伏板装在玻璃房上，担心出事就推脱。玻璃工厂的师傅没试过在屋顶装上光伏板，也挺犹豫。谢历冰好不容易把双方约在一起。多方计算，确定了可行方案，他再给双方"打足包票"，施工才开始。

每年，光伏发电可为村集体带来5万元收入。绿色光伏发电替代传统的"伐薪烧煤"，既环保又能提升农产品质量。

然而，今年年初，新冠肺炎疫情袭来，小河村的扶贫车间也停工了。刚品到生活甘甜的村民，一股脑把焦虑的电话打给了谢历冰。谢历冰说："放心，绝不让疫情影响收入和生活。"

扶贫路上有艰辛、有风雨、有坎坷，扶贫工作队逆境突围，攻城拔寨，一边组织疫情防控，一边围绕农产品销售下"巧力"。

扶贫车间重启，扶贫工作队动员村民积极参与，隔位作业，为上班的村民发放口罩、做好车间消毒等。他们开始"网络云超市"直播销售，积极对接电商平台。3月20日第一场直播开播20分钟，售出了26万元小河农产品。5月10日，国网湖南省电力有限公司开展"青春光明行·爱心助脱贫"网络销售活动，当天销售额达4万元。

"卖扶贫产品不是卖惨博同情，取胜的唯一法宝是品质。"谢历冰始终思路清晰，"把脉"很准。不少单位在了解了小河村产品的生长环境并品尝产品的味道后，表达出长期合作的意愿。

扶贫车间又传出了村民的笑声。

"国家支援我们脱贫，我们支援国家抗疫。"今年3月，小河村扶贫工作队与村支两委应全体村民要求，向武汉捐赠价值2万多元的小河村土特产等物资。"小河爱心，倍感温暖。"武汉市洪山区洪山街社区卫生服务中心、武汉市石牌岭方舱医院表达了他们的感动。

“何曾畏惧雨连阴，唤醒乡民致富心。精准扶贫贫远去，深山小河乐逍遥。”扶贫日记上朴素的诗句，流露出谢历冰真挚的扶贫情怀。

四

刘颂华打了一个漂亮的“翻身仗”。从前“病秧子”，现在新楼房；从前“狗不理”，现在粉丝涨。作为“2020 全国两会脱贫攻坚特别报道”湖南经视新闻露脸第一人，8 分钟的镜头里，刘颂华讲脱贫故事，吆喝自家产土蜂蜜，忒长脸！

刘颂华年轻时在外闯荡，有过几年风光，更是村里少数几个凭能力娶来媳妇的“能耐人”。但他 35 岁时做了胃切除手术，花光了积蓄，也丧失了劳动能力。老母亲瘫痪在床，还有两个孩子的学费让他焦心。生活多磨难，他苍老了许多。2012 年，本家侄子送来一罐土蜂蜜，刘颂华便由此琢磨养蜂这门手艺。开始，他不得要领，蜜蜂不是跑了就是病了，蜂蜜的产量一直上不去。尽管如此，刘颂华一直都没放弃对美好生活的追求和信心。

小河村村民发展蜜蜂养殖　　国网湖南电力供图

扶贫工作队盯上了他。乡间扶贫，得树立一个“脱贫英雄”。有些村民在混沌日子中形成了惯性，难免有“等、靠、要”思想。冷不丁，身边人成了“英雄”，大家的想法就不一样了：“哎，我和他都一个脑袋两只手，人家脱贫出列，我不赶上还真不好意思。”

扶贫工作队请来养蜂专家给刘颂华做培训，帮忙注册商标，设计包装，并帮忙销售。“别人能做的，我磨也要磨会。”对生活永不服输的刘颂华，愣是把每个细节琢磨个透。小河村“刘磨王”的名字就这样传开了。

村里路通了、电足了、网络全覆盖了，“刘磨王”的心思更活络了。他看到扶贫工作队员用手机直播带货，马上又“磨”起了这个新鲜玩意儿：“磨”短视频制作，“磨”网络用语，“磨”直播出镜……逮到扶贫工作队队员就“磨”的“刘磨王”，成了小河村第一个“带货网红”！

“刘磨王”的事业越做越大，蜂箱从之前的 20 箱发展到 85 箱，家人如愿住上了新房，大学毕业的儿子也找到了工作。

许多村民也“磨”上了谢历冰，要求上直播做“网红”。谢历冰含笑答应。这正是他想要的榜样的力量。

“以前穿几块钱的鞋，我今天穿的鞋，300 块呢。要脱贫，信心比金子重要，现在的日子，以前是万万不敢想的！”“刘磨王”底气十足，那话扔地上都能梆梆响。

是呀，村民们没想到的多着呢：山头上一度被抛荒的茶树，成了“摇钱树”；大棚里欢快生长的黑木耳，成了“黑瑰宝”；原本被讥讽为“山猴子”的地盘，成了“世外桃源”；环绕村庄的绿水、四面包围的青山，真成了金山银山……

贫困户刘连位两个月内采摘鲜茶叶 150 多千克，纯收入超过 6000 元。再加上公益岗位和村集体经济年底分红，他一年收入两万多元。

小河村村集体纯收入突破 20 万元，2018、2019 两年累计为 84 户贫困户分红近 30 万元，村民医保全部由村集体缴纳。村民人均年收入达到 12000 元。

扶贫工作队因地制宜发展产业，不破坏环境，不带来污染。这场脱贫攻坚战的征程上，始终“看得见山，望得见水，留得住乡愁”。

谢凯文、陈拓是扶贫工作队的两名“90 后”年轻人。刚来小河村，他们靓夹克亮皮鞋，被村民称为“谢干部”“陈干部”。一张口，两人就犯了难。村民听不懂普通话，他们也不懂当地话，鸡同鸭讲，好不方便。紧接着，频繁入户走访、通宵制茶、化解矛盾等等，都让在城里长大的他们一度怀疑自己的选择。

小河村的笑脸墙　　国网湖南电力供图

“刚来时，有个老阿姨争当贫困户，动不动骂街、拿笤帚赶我们。”两人很少见过这阵势，压力很大。后来打听到老阿姨是个失独母亲，养女外嫁又顾不上她，这才变得霸蛮无理。他俩合计，过节过年多走动，平时多帮着干些活儿。走动多了，老阿姨家看家的狗见了他俩都亲昵地摇尾巴了。有一次，村里来了记者，老阿姨主动说起扶贫工作队，满满当当的都是好话。

扶贫路漫漫，教育须先行。扶贫工作队深知，扶智才能彻底斩穷根。三年间，他们先后劝 12 名小河村适龄青少年重返学校，帮助 5 名高中毕业生报考就读大学。刘新喜是小河村登记在册的贫困户。2019 年，他小儿子以高考 675 分的好成绩考上了上海交通大学，可学费没着落。扶贫工作队为他家申报了爱心助学，解决了学费难题，还把他家的老房子重新修缮，聘请他成为村里的护林员。刘新喜一年工资就能有一万多元。

“产业就在家门口，80 岁的老人都能挣钱了。”今年 5 月，全国人大代表、国网湖南省电力有限公司董事长孟庆强来到小河村调研，村民刘颂清拉住他说：“孟代表，你能把小河村一箩筐的好事，带给习大大吗？”“行！我一定把大家的心声带到‘两会’上。”孟庆强乐了。

众人都笑了，笑声惊飞了山林的鸟，溅开了小河的浪。唯有沉默不语的金龙山，犹如一位岁月老人，目光依旧安详惬意，护佑着这群大山的子民。

山之南，有个娘娘庙村

魏　红　狄方方

娘娘庙村村部周边　袁晓强 / 摄

八百里伏牛山，自西北向东南山势渐缓，是长江、黄河、淮河水系的分水岭，也是暖温带与北亚热带的自然分界线。传说中的娘娘庙村就位于伏牛山脉之南的丘陵地带。

雷军伟驱车从郑州出发，走高速，进省道，过乡道，三个多小时的车程，终于到达河南省南召县皇后乡娘娘庙村。

夏日炎炎，山道弯弯。每次出发都是抵达，和着离别的惆怅、重聚的欢喜、重任在肩的压力及干事创业的充实，雷军伟在这条路上走了两年多。在路上，雷军伟会摇下车窗，向步行的乡亲问好，问一声要不要搭车。或者，他会朝熟悉的车辆按声喇叭，算是打招呼。有时候，他不直接去党群服务中心，而是拐去扶贫车间看看，了解童装加工车间与菌种培育车间的生产经营情况。他和负责人、工人聊几句，再道别上车，继续往北走。

那块熟悉得不能再熟悉的牌子映入雷军伟的眼帘，红色的党徽下面印着八个字——“不忘初心　牢记使命”，下面写着“南召县皇后乡光热储存充电站”“南召县皇后乡旅游接待中心”“南召县皇后乡水产养殖基地”三行字。看到这块招牌他就不由得血流加速，心头一热。这三个项目是娘娘庙村 2020 年重点产业项目。

从一条废弃的铁轨下面穿过一道涵洞，眼前豁然开朗，像是到了世外桃源。即便闭上眼睛，雷军伟的脑海中也能浮现出一幅地图，上面标明每个建筑的名称：娘娘庙村文化广场、党群服务中心、服务站、娘娘雕像、医疗所、花卉苗木网络销售终端服务站、同心超市……

国网河南省电力公司选派的驻村第一书记雷军伟对娘娘庙村的了解，比地图更清晰。他说得出村里人家户主姓名、家庭成员、经济收入情况。怎么能不熟悉呢？这里是他战斗了两年零八个月的阵地，他心中的第二故乡，也是他要继续奋斗的地方。

走，回乡创业去

到了党群服务中心，雷军伟给张金龙打了个电话，问他在哪里。张金龙回答，正在水产养殖基地查看鱼塘。雷军伟请他下午 3 点陪同客人参观食用菌工厂化培育基地，张金龙一口答应。

不管是什么事情，只要交代给张金龙，雷军伟都很放心。张金龙人品好，工作有热情。正如他预料的那样，张金龙的加盟明显提高了村里的办事效率和治理水平。

2017 年 11 月 10 日，雷军伟作为驻村第一书记来到娘娘庙。初来乍到，他就皱起了眉头。村党支部委员会、村民委员会仅有 3 名村干部，皆为男性，都没上过高中，年龄都在 57 岁以上，其中一名还患有脑血管疾病。组织建设不健全，年龄结构不合理，村党组织、村委会的战斗力又如何保障呢？

2018 年 4 月，娘娘庙村被南召县列为村支两委换届的试点。如何结合实际，综合运用控制性条件和限制性条件，优化村支两委班子的年龄结构、性别结构、知识结构呢？雷军伟的目光投向村里的致富能手、外出务工经商人员、大专及以上毕业生、复员退伍军人等。

经多日调查，雷军伟发现常年在外经营水产养殖的张金龙在村民中很有威信。雷军伟马上联系张金龙，动员他回村参与选举，带领村民创业脱贫。

张金龙闻言沉默了。或许在某些地方，当村干部是一件体面的事，可是娘娘庙的村民不愿当村干部。村里实在是太穷了，干点什么事都难。当村干部收入不高，杂七杂八的事却不少。况且，张金龙在南阳市开了一个垂钓园，生意越来越好。难道要抛下蒸蒸日上的事业，去竞选村干部？他回家一商量，家人都不赞同。最重要的理由是，他当村干部，家庭收入会下降，支出会增加。村里 500 多户人家，每年大概有三分之一的家庭会办红白事，一般关系随礼 100 元，村干部随礼得 200 元。一年下来，3 万块钱就随没了——工资连随礼都顾不住。张金龙想来想去，婉转地拒绝了雷军伟。

“金龙你看，咱村的劳动力在 900 人左右，外出务工的大概有三分之一。有将近 300 个家庭，老人年高体弱却得不到照顾，还得照顾儿孙。孩子是留守儿童，不能常常和父母在一起。你有水产养殖和销售经验，回来之后可以干些事。”雷军伟停顿片刻，接着说，“你想想，如果

娘娘庙村村口　袁晓强 / 摄

娘娘庙的年轻人不用外出务工，在家门口就能挣钱养家孝老，陪伴老婆孩子，那该多好啊！”

雷军伟谈了村里的发展规划，分析了他回村带着村民搞水产养殖的可行性与前景。张金龙心动了，答应试一试。一个月后，娘娘庙村换届选举工作结束，36 岁的张金龙和 45 岁的女医生高静然进入村委会，成为与雷军伟并肩作战的“战友”。

就近就业新生活

雷军伟上任后，一直思路清晰，定位准确。之前，国网河南省电力公司派驻娘娘庙村的第一任驻村第一书记张鹰的任务是推进村基础设施建设，为困难群众实现“两不愁三保障”提供支撑，为产业发展提供必要的物质基础。那么，他的任务就是因地制宜发展产业，让村民在家门口就能就业，增加村集体经济收入。

娘娘庙有 12 个自然村，530 户 1770 人，耕地面积仅 1300 多亩，且土质不好，一亩地也就产个五六百斤小麦。人多、耕地少、产出差，再加上因病因残等因素，村里贫困发生率高达 29.3%，是皇后乡 6 个重点贫困村之一。

皇后乡号称“玉兰之乡”，娘娘庙种植玉兰苗木历史悠久，村里九成的家庭均有种植。雷军伟想，就从壮大玉兰苗木产业入手吧！

在雷军伟的带领下，村里走“互联网 + 合作社 + 贫困户”产业扶贫模式，成立了三个苗木专业合作社，还成立了苗木管理委员会，合作社对贫困户全覆盖。接着，村里注册了“皇后玉兰娘娘”商标，让娘娘庙村出产的玉兰苗木与皇后乡其他村的区别开来，再建立村级网站，拓展电商销售渠道。雷军伟自己上阵打电话向各地市供电公司推销玉兰苗木，还真卖出去不少。久而久之，雷军伟成了“皇后玉兰娘娘”的代言人，成了产品专家，谈起玉兰来是滔滔不绝、如数家珍。2019 年，村里玉兰苗木销售额 700 余万元。

2017 年 8 月，南召县投资 300 万元在娘娘庙村建成 800 平方米的扶贫车间，产权归乡政府，使用权在村集体。扶贫车间初期由村集体经营，由于缺乏经营管理人才及经验，一直处于不盈利状态。雷军伟决

定，扶贫车间快速“刹车”，立马转型。2018 年 6 月，车间租给了一家服饰公司。可这家公司经营一段时间，居然也亏损不少，合同未到期便退租了。村民感叹，这产业可真不是随便搞的，幸而租了出去，否则村里就要蒙受经济损失啦！

扶贫车间面积太大，想出租并不容易。在雷军伟的建议下，经村支两委研究决定，将车间一分为二，于 2019 年 9 月租赁出去：一半由南召县许愿树实业公司租赁，用于童装加工；另外一半由南召县金源农业开发公司租赁，用于发展菌种培育香菇种植特色产业。这既有效地规避了经营风险，又满足了村民就近就业、稳定增收的需求，同时村集体经济还每年稳定增收 5 万元。

就近就业改变了很多人的生活质量与精神状态，村民魏霞的生活便和之前大不同。魏霞有一子一女，儿子外出打工，女儿在外上学。之前，她帮儿媳带孙子。孙子上了幼儿园，她就去制衣车间打工，和姐妹们每天说说笑笑、忙忙碌碌，日子过得很充实。受疫情影响，2020 年制衣车间 3 月 14 日才开工，生产线没全开。年前的时候车间订单不少，姐妹们的平均月收入在 3000 元以上。魏霞盼着制衣车间能全面恢复生产。

张金龙的挂心事

到了下午 3 点，张金龙带着客人参观食用菌工厂化培育基地，讲解栗木碎屑发酵、高温消毒、冷却、接种、放入加工室等待菌丝快速生长的流程。

客人跟着他走进食用菌加工室。室内架子整整齐齐地排列着，每层齐齐整整地摆放着长方体菌包，一层一层高高摞起。和常见的食用菌加工室不同，这里的菌包上面没有孔洞，架子和地上也没有渗黄水，室内空气清新。张金龙介绍，金源农业开发公司引进了最新技术培育香菇菌种。这种技术保温保湿性能好，出菇潮次多。加工室实行智能化温控管理，非常适宜菌丝快速生长，培菌速度提高了六成以上。

这几年，香菇种植在娘娘庙村已成为一项产业。村民张宗甫就是通过香菇种植告别贫困，成为致富能手的。多年前，张宗甫在耕地时操作失误伤了脚；祸不单行，妻子骑车时摔伤胳膊，不能再干重活；儿子没有外出打工，也没有一技之长，长期待业在家，他家成了村里建档立卡的贫困户。张宗甫灰头土脸，在人前抬不起头。通过种植香菇，张宗甫家盖起了新房，用上了冰箱、洗衣机等电器，全家脱了贫。他还带动10多户农户加入香菇种植的行列。食用菌工厂化培育基地投产后，村民再也不用去西峡县购买菌棒了。

培育基地在进行二期建设，金源农业开发公司将负责技术培训、推广、指导，为农户提供菌种、原材料、产品回收、产品销售等一系列服务，还将带动100余户农户开展林下香菇种植，可实现120余人就近就业、稳定增收。将娘娘庙建设成为高效高质量的食用菌种植基地，正是雷军伟签订扶贫车间租赁协议时做的远景规划。

参观完毕，客人满意而归，张金龙心潮澎湃。这两年多，雷军伟教给他许多开展工作及解决问题的方式方法，给予他不少鼓励、支持、帮助。雷军伟为了村里的大事小情跑上跑下，有时候为了一件事连着跑县城好几天，事不办成决不罢休。张金龙看到自己的村庄贫困发生率由29.3%降至0.68%，并于2018年退出贫困村序列。看到村里产业发展从小到大、从少到多，发展出玉兰苗木销售、制衣车间、光伏扶贫电站等八大产业……他感受最深的是，村里的激励机制推动了乡风转变。“优秀共产党员”“脱贫示范户”“好婆婆”“好儿媳”系列评比活动，给村民树立了先进典型。村规民约“三字经”倡导村民行为规范，“十不准”设置了刚性底线。村里的“同心超市”用积分管理，正面引导农户特别是建档立卡贫困户的行为。村里还成立了“红白理事会”，规范红白事规模，推行“一切从简、文明办事”。娘娘庙村的变化被新华社、河南电视台、河南日报等多家媒体报道。

张金龙对雷军伟充满了感激之情，他更加急切地想把水产养殖基地弄好。按照他的设想，待光热储充电站项目建设好后，利用循环热水放养鲈鱼、清江鱼、罗非鱼和南非白对虾，随后带动更多农户发展水产养殖。眼看着，用电用水的问题解决了，标准鱼塘建好了，鱼苗、虾苗已经交了定金，马上就可以投入养殖了，不料新的问题出现了——鱼塘渗水！他请教了许多人，专家也帮着出招，但是效果都不太理想。后来，还是在雷军伟的建议下，在鱼塘里铺上了防渗膜，情况大有改观。

光热储充电站也是雷军伟正在全力推进的项目，预计2020年年底

并网发电。电站建成后，除了利用循环热水搞养殖外，还可以对周边地区供热以增加经济收入。这对于娘娘庙村的产业扶贫及增加村集体经济收入有着深远的意义，村民都盼着这一天呢！

他不是一个人在战斗

雷军伟从未想过自己会去村里当书记，也没想到自己会与娘娘庙村结缘。然而，当组织有需要时，他就像军人一样勇敢出列，奔赴前线，投入到打赢脱贫攻坚战的战场中。

前两年，女儿面临高考，他没时间参加家长会；父母年迈体弱，还得替他照顾女儿；母亲中风不能陪伴，他只能托亲人寄去一包包寻访得来的中药；小儿子出生，妻儿被推出产房的那一刻，他却告诉妻子得马上赶回工作岗位；岳父多病缠身行动不便，岳母身体也不大好，可妻子产假结束后不得不把孩子托付给两位老人。2020 年年初，最疼爱他的奶奶去世了，雷军伟忍着悲痛，一边在老家料理奶奶丧葬事宜，一边忙着协调防疫物资。怕因为疫情被隔离在家，他早早赶回村里，组织疫情防控工作，连续 50 余天吃住在村里……

家庭给予雷军伟莫大的支持，国网河南省电力公司更是他最坚实的后盾。国网河南省电力公司相关负责人几乎每个月都会到娘娘庙村实地调研，了解驻村帮扶实际情况，帮助第一书记解决困难。

2015 年以来，国网河南省电力公司投入 300 万元在娘娘庙的 12 个自然村开展配电网改造，累计捐款 297 万元，通过国网电商平台购买了娘娘庙村农产品 160.7 万元。国网河南省电力公司机关直属党委向娘娘庙村党支部支援了 6 万元党建活动经费和 5 万元防疫专项党费。机关直属党委“一对一”结对联谊 25 户贫困户，每年到村入户联谊 1 至 2 次，帮助贫困户解决生活中遇到的难题。

娘娘庙村现有两座光伏发电站。2017 年，通过社会融资 400 余万元，娘娘庙村建成了 500 千瓦村级光伏扶贫电站。这是河南省第一座高架高效光伏电站，利用山地却不破坏生态植被，且发电效率高于普通光伏电站 10%。2018 年 7 月，电站全额并网发电，投运两年多累计发电 110 余万千瓦时，为村集体带来收益 15 万元。

娘娘庙村 500 千伏村级光伏扶贫电站，电站上面是高架光伏板，下面种植了中药材
袁晓强 / 摄

2019 年，为了满足旅游开发农家乐用水、基本农田灌溉用水、光热储充电站生产用水、夏季旅游漂流用水，娘娘庙村争取到了 500 万元扶贫整合资金，实施饮水上山项目。饮水上山后，电费是一项较大的支出。如何减轻村里负担呢？雷军伟申请了“国网阳光扶贫——南召县皇后乡娘娘庙村生态休闲田园旅游综合体”项目。国网河南省电力公司捐资建设了 100 千瓦村级光伏电站。村里 21 名贫困农户参加光伏电站建设，增加务工收入 40 余万元。电站并网发电后，村集体收入每年增加近 4 万元。

大大小小的玉兰树一片葱绿，爬满了娘娘庙村附近的道道山沟，绵延至整个山头。看一眼，眼睛便觉得清凉，心头更加畅快。娘娘庙村的光热储充电站正在建设，预计 2020 年 11 月可以完工；村旅游发展规划刚刚修订，投资 210 万元的村级旅游接待中心主体工程已建成；水产养殖基地的鱼塘已经注水撒苗，水产品准备赶在 2020 年中秋节前后上市……所有的工作，都在一项项紧锣密鼓地向前推进！

硕大的玉兰叶子在树干顶端恣意舒展，一阵风吹来，叶子欢喜地摇摆，仿佛在为脱贫致富的娘娘庙村鼓劲助威。

明溪村的光亮

傅玉丽

明溪村牛栏坞安置点　　景德镇供电公司供图

一

“日亮日亮，名字响亮；白天不亮，晚上才亮。”在江西省景德镇市浮梁县峙滩镇明溪村，提到贫困户章日亮的名字，村民会这么说。这是怎么回事？

原来，章日亮最喜欢晚上跟人打电话，电话一打就不停。不管是晚上 9 点，还是午夜 12 时，他说起来没完没了，就像电灯一样，白天不亮，专门晚上亮，且亮度惊人。

景德镇供电公司派驻明溪村的驻村第一书记毛钟青刚到村里，就感受到了这“电灯”的亮度。

第一次是 2018 年 7 月，毛钟青刚到村里没几天。那天白天，他走访村民，晚上快 10 点的时候正准备休息，手机突然响了。驻村第一书记的手机号码是公开的，毛钟青马上接了电话。

“毛书记，我是章日亮啊。”电话那头传来章日亮的声音。

“日亮啊，你好。”毛钟青想起章日亮的样子，身材颀长，只是眼神黯淡，面容憔悴，似乎对什么都不感兴趣。

“有事吗?”毛钟青想起白天去上明溪村民小组，到过他家。当时，毛钟青还拿着地图向村民问了他家的位置呢。

“嗝——嗝——”电话中传来打嗝声。随后，一个含糊的声音响起：“我是没办法哟，没办法，我老婆有病，孩子还小，你要帮我解决，帮我解决……”电话中，章日亮絮絮叨叨。隔着电话，毛钟青似乎都能闻到一股酒味儿，心想：不好，章日亮又喝多了。

去章日亮家走访前，同行者就告诉他，章日亮特别爱喝酒，每天都在喝，喝完就昏睡，要不然就晚上找人聊天。毛钟青忍着睡意，耐心地听章日亮说话。电话里，章日亮翻来覆去、反反复复地说着他家里的情况。毛钟青纳闷：白天去他家时，已经了解了他家情况，怎么他还一而再、再而三地说呢。

毛钟青轻声劝慰：“我们走访时，已经知道你的情况了，你不用担心，国家的政策好，我们村贫困户脱贫一定有希望。”

可章日亮像没听见似的，依然喋喋不休、来来回回重复着刚才的话。一通电话下来，手表指针过了12点。等放下电话，毛钟青睡不着了。

几只不知名的飞虫在他眼前飞舞，有蚊子在耳边“嗡嗡”地叫。毛钟青挥了挥手，感觉手臂上有几处刺痛。村里的蚊子和飞虫野得很，一点不怕人，成群结队，爬满了窗户玻璃外，还有的不知从哪里钻进屋里，在灯下乱舞。从来没有在乡村生活过，这些天，毛钟青被蚊虫叮咬得不行。

毛钟青苦笑了一下，想起刚来明溪村第一天就抓瞎的情景。

从景德镇市出发，车子在206国道上行驶，快进入峙滩镇时，路越来越窄，还不时有弯道、岔道出现，路面坑坑洼洼，有的地方坡度极大……坐在车上，人要随车身左摇右晃。好几次，毛钟青颠得要从座位上弹起来。他紧紧拉着车门上的把手，直到手指发酸。他想起到过明溪村的同事说过：“那路，骨头都要颠散，肚子都会颠饿。”果然，一路黄尘，从市里到明溪村，车子颠了近2个小时。

明溪村有13个自然村13个村民小组，分散在29平方公里的山区里。这里山坳有几户，那里山腰有几家，毛钟青走在明溪村，像走在云

雾里，完全搞不清方向。

2018年年初，景德镇市组织“万名干部扶贫活动”，当时正在景德镇供电公司电力设计院担任党支部书记的毛钟青曾帮扶过浮梁县严台村的贫困户。严台村村民居住集中，毛钟青以为明溪村也和严台村的情况差不多。可让他没想到的是，第一天进村，即使在明溪村村委会办公室墙上挂的地图上，他也没看清楚明溪村的具体情况。

不识路，还搞什么扶贫？驻村第一书记如果不认得路，岂不是笑话？毛钟青一回到供电公司就在电脑上查明溪村的三维影像，然后再与记忆中自己走访的情况一一对比。他打印了一张大地图，又将大图分成小块再一一打印下来。揣着这几张灰蓝色的地图，毛钟青就像揣着宝似的。地图上有河流、铁路、山林、道路的立体模型图。到村里，他“按图索骥”，边走边看边问。章日亮家住上明溪村民小组，对着地图他一路问。这一想，毛钟青想起来了，问到章日亮家时，村民不屑的眼神。

毛钟青索性起床，翻开日记查看。章日亮妻子有智力残疾，3个孩子都在上小学。他学过泥工技术，但长期靠捡垃圾过日子，属于因残致贫贫困户。从电话中，可以听得出他是半醉半醒的。他是不相信自己，不相信扶贫工作。

第二天，村里扶贫干部听说了晚上章日亮打电话的事，并不吃惊：“章日亮有手艺，可日子越过越不像日子，天天指望着天上掉馅饼。”原来，章日亮很是让村干部头痛。之前，村里每次来检查组，他就推着妻子到村委会闹事。有时，村干部会给他一两百块钱。他拿着钱就离开，去打酒喝，喝多了就骂，或者昏睡，或者乱打电话。钱都不能在他家过夜，有多少花多少。“真是没办法。”村干部皱着眉头。

毛钟青按照政策规定，帮章日亮家办了低保，又去走访了几次。可每次去，章日亮都不冷不热的。而走了不多久，晚上的“电灯”又亮了——章日亮电话来了，一连几次，都是半夜打来的。

驻村扶贫，白天忙得落不下脚，晚上又累又困就想睡，可每次，毛钟青都忍着睡意，听章日亮一遍遍地唠叨。最后，章日亮说着说着电话没声了，毛钟青估计他是睡着了。

毛钟青心想，这不是个办法啊。

毛钟青再次去了解章日亮的家庭情况，得知了章日亮父母健在，也在本村，帮他带孩子并接送孩子上学。“扶贫不是养懒汉。”毛钟青心想。他马上联系村委会，要帮章日亮找事做。

2018 年，峙滩镇浯溪口水利工程兴建，明溪村有 4 个村民小组要移民搬迁。安置移民需要修建房屋，毛钟青介绍章日亮去工地干活。可他嫌工地离家远，不想去。毛钟青见村里小学在砌新围墙，便又介绍他去工作，哪知他刚干了一天就不干了。

“我的工钱要当天结的。”章日亮对包工头说。

“工程完了才能结，我只有完工了才有钱给你们。”包工头不愿意了。

……

两人吵吵嚷嚷，毛钟青听到了，跑过去问情况。这一问，两人都找他帮忙评理。最后，章日亮结了当日工资走人了。

“这可是头难驯的马。”毛钟青听见有人叹息。

二

毛钟青到明溪村后没多久，就遇上村里新建的便民服务中心竣工搬迁。两地相距 4 公里，村委会没钱雇汽车，毛钟青就和村干部到农户家里借来大板车，一趟趟地拉。

2018 年 8 月 5 日到 7 日，他们整整拉了三天，才将贫困户基础台账资料、党建工作材料、其他工作资料、上墙的规章制度和一些办公用品都搬了过去。正值盛夏，毛钟青跑得大汗淋漓。搬迁完，毛钟青又协调各方给村委会配置了新的办公设施。8 月 16 日，三辆货车开进了明溪村便民服务中心，送来了新的办公桌椅、电脑显示屏和空调等价值 8.61 万元的物资。

村民们都来围观，毛钟青看见章日亮也在其中。有人说：“毛书记是真的帮我们呢，这个书记可真能干活。”“不一定呢，还得骑驴看唱本呢。”章日亮嘀咕。毛钟青抹了下汗水，对村民说：“精准扶贫，是帮助贫困户脱贫，以后还会帮助全村呢，大家放心吧。”

山里夜来得早，虽然疲惫，可毛钟青睡不着，像是在等着什么。果然，不一会儿电话响了。

“我家里有困难啊……”章日亮带着酒意的声音又来了。这次，毛钟青不急不慌地听他说。他说一句，毛钟青就接一句：“有困难，可以帮助你解决啊。”

“我老婆身体有病。”章日亮说。

“病以前就有，你知道的，现在成家了，结婚了，生活得过。”毛钟青接话。

“我有3个小孩啊。”章日亮说。

“既然生了，就得负起责任来，你是一个男人。”毛钟青答。

“我……我的生活能变好吗？”章日亮嘟囔道。

“这样吧，我和你说说我的想法。”毛钟青给章日亮说起了村里脱贫的规划。

明溪村339户1593人，其中贫困户37户143人，全村林地面积有4万亩，耕地面积仅有1800亩，山高林多地少。林是生态林，不能动，毛钟青打算采取个性帮扶和产业帮扶结合的方式。毛钟青将他的打算与村委会成员商议后，真就亮开了几板斧。

第一斧，2018年景德镇市下拨了壮大村集体经济引导资金30万元，毛钟青与村委会商议，决定在村委会新办公楼及村小学屋顶建设光伏发电项目。项目总容量44千瓦，可以减少村委会和学校的日常电费开支，也可为村集体经济带来收益。

第二斧，景德镇供电公司有36名扶贫干部和明溪村的贫困户结对。按景德镇市要求，每名副科级以上干部包户帮扶资金不少于3000元。“把这些钱集中起来做一个项目多好。”毛钟青想。他请供电公司负责人到村里实地勘查。

2018年9月4日，村里决定在新村委会与老村委会之间约6公里的山谷中，选定下塘坞一带新峰小组中段娥榨坞一片25亩的土地，开展有机水稻种植。村委会委托村里的合作社实施这个项目。

水稻种植季节是春天，其余时间，这块地种什么呢？毛钟青想了个法子——间或种油菜。种植油菜政府有补贴，每亩200元。油菜收割后，菜根还可肥田。种植水稻实行“三不政策”（不施化肥、不打农药、不用除草剂）。毛钟青督促合作社与村里种田高手签好协议，又请峙滩镇农业站技术人员来指导，并组织贫困户开展土地附着物的焚烧及平整

下明溪村村口　　景德镇供电公司供图

工作。到了10月，田里撒上了华油杂62油菜种子……每次锄草、机耕道平整、水渠维护等，合作社都安排贫困户来做。这时，章日亮都会远远站着，到处张望。

实际上，章日亮健康、年轻，家庭条件也不算差，可他却是过一天算一天，对生活没有希望。这样下去怎么行？！毛钟青看在眼里，急在心上。他在繁忙的扶贫工作中又一次抽空去章日亮家，他要让章日亮知道村里的变化，帮章日亮树立信心。“日亮，知道村里现在为贫困户做什么吧，酒要少喝哟……”毛钟青劝解。“好哟，好哟！”章日亮虽然答着，却心不在焉。

渐渐地，毛钟青发现自己由怕接章日亮的电话变成开始盼着他来电话了。接了电话，毛钟青就向他宣传党的方针政策，说村里脱贫的思路和办法。毛钟青相信，章日亮虽然装作不在意，其实是支着耳朵听着呢。

三

“前月浮梁买茶去”是唐代诗人白居易《琵琶行》中的句子，算是

浮梁茶最早的广告了。明代戏曲家汤显祖还写过："浮梁之茗，闻于天下，惟清惟馨，系其揉者。浮梁之瓷，莹于水玉，亦系其钧，火候是足。"浮梁县明溪村生态良好、风景秀丽、环境优美，只可惜还是个省级贫困村。毛钟青暗下决心：一定要让明溪村丢掉贫困村的帽子！

听说村民有种茶的历史，毛钟青的第三板斧亮了出来：建立茶叶种植基地。说干就干，他联系供电公司投资，在明溪村新村委会东侧的一片林地开出25亩建茶园。合作社将茶园的锄草、采摘、捉虫等工作安排给贫困户做。2019年3月，茶园种下了一株株茶苗。茶园维护较好，茶苗当年成活率达80%以上。今年年初，毛钟青又组织村民补栽茶苗、养护茶树。

听说村民卢学圣是养鸡能手，毛钟青就想到了村子周围青翠的大山和清澈的溪流。他联系供电公司在明溪村投资建立土鸡养殖基地，并提出这个项目由卢学圣负责。如今，明溪村的养鸡基地已盖了七座大棚，养了2000多只鸡。

明溪村的光伏扶贫电站从投运开始，获得的收益已让村里37户贫困户得了分红。全年每户平均可分到1000元。章日亮也拿到了分红的真金白银。2019年年底，村里有机水稻田里产出了第一批大米。毛钟青找到了买家，收入9.6万元。村里贫困户又拿到了分红，章日亮同样一分没少。

晚上，章日亮的电话渐渐少了。但只要接到电话，毛钟青就会马上给他讲村里贫困户的情况："你知道不？发非洲猪瘟，李春发家损失严重。可村里有扶贫产业，李春发2019年得的各项分红帮他顺利渡过了难关。"章日亮接话了："对呀，我那天在他开的蔬菜店里，就听说他明年还想再养猪。"

2019年12月的一天，毛钟青又来章日亮家，说："我们村顺利通过验收，摘掉了省级贫困村的帽子。现在已脱贫32户134人。你在村里公益岗有收入，再加上村里分红，你家也脱贫了，祝贺你。日亮，今后你要做个好爸爸、好丈夫、好儿子。""我也不喜欢当贫困户啊！前几年不是没办法吗。”章日亮扭着身子低下头，不好意思地笑了起来。

毛钟青坐了下来，打量着章日亮的家。因浯溪口水利工程建设需要，章日亮家搬迁到移民安置点，住上了 100 多平方米的新房。毛钟青鼓励章日亮：“现在你们家住得宽敞、亮堂了，日子一天天变好，咱俩年纪差不多，正是奋斗的时候，可不能浪费了啊。”

在和毛钟青的相处中，章日亮把毛钟青当成了自己的朋友，就问了问毛钟青家里的情况。毛钟青 2018 年刚驻村扶贫时，大女儿读高三，妻子在陪读，小儿子 3 岁多就住在外婆家。毛钟青节假日都会去养老院。他 80 岁的母亲患有糖尿病和脑梗，之前一直和他住在一起，由他照顾。驻村扶贫之后，他只好把老母亲送到了养老院。说到这里，毛钟青有点哽咽：“我们干好工作，才能帮到家里，帮到父母……”

明溪村毛湾里安置点　　景德镇供电公司供图

章日亮是打心底感激毛钟青对自己的帮助。毛钟青是真心帮他，从没有瞧不起他，还跟他交底掏心，安排他在村里参加各种工作，在公益岗位打扫卫生，一有泥工活第一个想到他。想到这，章日亮眼睛里闪出一道光来。

“到 2020 年年底，咱村最后的 5 户贫困户 9 人，全部脱贫，你说有希望不?”毛钟青转移了话题。“有啊。”章日亮脱口而出，声音响亮。章日亮心想：毛钟青脑子里有无穷无尽的想法呢。果然，2020 年，毛钟青把村里边边角角的土地都流转出来，共有 55 亩，又种上了有机水稻。毛钟青还前往浙江学习茭白等经济作物的种植方法……

那天，出得门来，毛钟青抬眼看向远方——明溪村周边，青山连绵，绿意盎然，溪流奔涌，生机勃勃。明溪村因溪流清澈而得名。溪水像透明的玉带一样，倒映着蓝天和青山。

毛钟青舒了口气，问：“日亮，还天天喝酒不?”

章日亮眼望青山，真诚地答：“我……那是以前呢。现在要搞好生活，要做事，隔好几天才喝呢。”

这句话被一个村民听到了，插话打趣：“章日亮啊，你现在是‘日亮日亮，不再乱亮，致富日子，日日光亮’啊。”

阿吼村摘帽记

龙志明

喜德县阿吼村新人补拍婚纱照　　国网四川电力供图

五月的阿吼村醒得早。

一条黛色的缎带在半山腰翻滚着，缓缓地把阿吼村稳稳搂入怀抱。远远望去，阿吼村就像坐在一朵硕大的莲花上，炊烟升腾，顺着朝霞的方向。

果果早早起来，熟练地打开电饭煲，倒入淘好的大米，然后一边洗漱一边哼着歌。早饭后，她就开始挨家挨户催促村民往村党支部活动室走。

村党支部活动室在阿吼村的村头，和背后的贫困户集中安置点相比有些寒酸，看上去却又像巨大的屏风，为阿吼村遮风挡雨。果果找了个靠前的位置坐下来，她的背后已经坐满了人。

不大会儿，四川喜德县阿吼村文明新风奖的评选开始了。第一书记王小兵反复用彝语和普通话讲解评选规则、评选内容。

果果翻看着初选名单和推选理由，皱着眉头。

“王书记，我有意见。”果果突然站起来，“我觉得这个评选不公平！合作社理事长没有报酬全心全意帮助大家脱贫该评，老党员多年教幼儿园孩子洗手洗脸也该评……但是，我认为最该评的是扶贫干部杨永生，和三年前来的时候比，他瘦成啥样了？还有第一书记王小兵，连阿尔说尔爷爷都笑他‘原来是狗追着他咬，现在是狗跟着他跑’。”

果果越说越激动：“他们不只是带领我们脱贫致富，还带我们建立文明新风气，大家说，对不对？”

一

白云之上，路的尽头就是阿吼村。

阿吼村地处国家“三区三州”深度贫困地区中的四川凉山州。村民的屋子零星散落在平均海拔 2800 米的山腰上。阿吼村土地贫瘠，交通不便，祖祖辈辈靠种土豆和荞麦糊口。2015 年以前，村里人均年收入只有 1500 元。因为贫穷，村里的姑娘纷纷去山外打工或嫁人，外面的姑娘不愿嫁进村。“光棍村”的帽子多年前就毫无悬念地戴在了阿吼村的头上。

阿吼村第一书记王小兵来自国家电网有限公司，他的彝族名字叫阿苏伍各。现在想起来，他都觉得当时自己主动申请来阿吼村当第一书记有些冲动，但绝不后悔。

2016 年年初，王小兵进村第一天，原本是安顿好后就回单位取行李，可他突然感到阵阵阴冷。彝族有谚语：“晚上起南风，明天太阳凶。晴天午后起冷风，不是雨来便是雪。”当晚，他留了下来。果然，第二天大雪纷飞。人走在山梁上，迎面而来的旋风卷起的雪柱有四五米高。他无法站立，只好匍匐前行。到村民博立五且家时，他发现博立五且家的土坯房严重倾斜，墙上最大的裂缝能放进一只拳头。博立五且和弟弟蜷缩在床上，冷得发抖。

30 多岁的博立五且和弟弟相依为命，想出去打工挣钱，又没文化，在家里干活吧，身体又不好。一年到头，兄弟俩一日两餐都是土豆和荞麦。

王小兵去的第二家是吉觉阿牛木家。40 多岁的她一脸沧桑，白发在冷风中飘飞。吉觉阿牛木的老公几年前因病去世，她独自抚养三个孩子，最大的14岁，两个女儿都还小。生活的重压让本就瘦小的她成了驼背。

最让王小兵棘手的是果果的婚事。果果15岁的时候就和表哥定了亲，家里也收了彩礼，这笔钱马上又支付了果果弟弟定亲的彩礼。后来，果果外出打工才知道近亲不能结婚。她想退婚，可一开口，全家都反对。

贫有百样，困有千种。在阿吼村，吃饭基本靠豆，交通基本靠走，通信基本靠吼，取暖基本靠抖。

不当家不知柴米贵，王小兵发现，“住上好房子、过上好日子、养成好习惯、形成好风气”说起来容易，干起来难。

通往阿吼村的乡村公路开工后，施工进度缓慢，王小兵就住在现场，和施工队长套近乎，带阿吼村的村民来帮忙。施工进度还是不够快，他就“威胁”：这是扶贫的重点工程，不按期完成我就要带着群众去县城找领导。施工队长看着眼前这位打着耳洞，穿着花衣服的彝族青年直告饶。说要半年才能修好的公路，结果只用了四个月就通车了。

同是扶贫干部，杨永生和王小兵是好搭档。阿吼村第一书记王小兵负责村上的扶贫事务，凉山供电公司丽火现代农业公司总经理杨永生则具体负责阿吼村等几个村的产业扶贫。杨永生毫不吝啬地赞扬王小兵：“真扶贫，扶真贫，王小兵站得出，还豁得出，有时候还‘不择手段’。”王小兵“鄙视”地看了他一眼说：“你不是比我还着急嘛!”

一天，王小兵正和勘测地形的工作人员争得面红耳赤。博立五且和其他贫困户摇摇欲坠的房子一直在他心头摇晃着，他担心，说不定哪天大风一吹，房顶就不见了。看到勘察人员慢条斯理的样子，他就着急。正吵着，有小姑娘飞快跑来：“舅舅，不好了，果果姐的妈妈要喝农药。”

一开始，村民们并不喜欢王小兵，觉得他年纪不大，又没在彝族农村待过，能懂啥。可后来慢慢地，村民们发现有事找王小兵都能办好，村民们开始喜欢上了他，好几家的小孩儿都叫他舅舅。在彝族的习俗里，舅舅就是家里地位高的人。

跨进果果家，王小兵就觉出气氛不对。

果果抱着母亲在哭，父亲在角落里闷头抽烟，弟弟在屋里走来走

去，十分烦躁。

“我今天来，是来批评果果的。”王小兵使劲咳嗽了下，“你怎么惹得一家人都生气呢？”

“王书记，你不是说支持我退婚吗？”果果不解地问。

“一码归一码，”王小兵向她挤了挤眼，用流利的彝语说，“你都是出去见过世面的人，得懂感恩，你父母养大你，容易吗？”

哭声停了。一家人把目光转向王小兵。

“就是因为出去见了世面，知道不能包办婚姻，不能近亲结婚啊。”果果嘀咕道。

“的确不能近亲结婚，我家亲戚有近亲结婚的，也是表亲，生了个儿子是傻子，又生了个女儿，结果还是傻子。一家人到处借钱，到处治病，那个愁啊。”

“我不信，我家亲戚也有表亲结婚的，生的儿子咋就不是傻子？”母亲不信。

“你看，”王小兵亮出手机里的几张照片，“这几个都是近亲结婚生下的傻子。”那是他去州里跑项目时，找同学要的图片。

“那，那……”父亲搓着手，“可我们没有钱退亲啊。”

“说到钱的事儿，我看这样，果果弟弟不是挺喜欢挖掘机吗？我前天问了县就业局，他们马上就要办个挖掘机培训班，我已经给他报了名。学出来就可以找个比较固定的工作，估计工资每月有 5000 元左右。”王小兵正色道，“我们会给你们家发猪苗和鸡苗。我们一起加油，果果一定能找个好后生，一家人一定能过上好日子。”

“不谋全局者，不足谋一域。”没有一个完善的整体帮扶方案，东一榔头西一棒子，是无法统筹和干好阿吼村的脱贫帮扶工作的。王小兵反复推敲阿吼村的帮扶方案，多方征求意见。他提出的脱贫攻坚“334”精准帮扶模式得到了各方支持。王小兵解释，第一个“3”表示“科学 + 绿色 + 可持续”的帮扶理念；第二个“3”表示“支部共建、产业共进、文明共创”的“三力共推”扶贫举措；“4”表示“公司 + 合作社 + 电商 + 农户”的产业发展帮扶机制。如此，阿吼村可以形成可复制、可持续的精准扶贫模式。

“按照方案，党支部在目前的任务，第一就是带领阿吼村脱贫攻坚，第二是防止贫困户返贫，第三是脱贫致富之后文明程度的提高。从现在开始，我们要像解放军攻城拔寨一样，挂图作战。”王小兵语气坚定。

德高望重的老党员阿尔说尔快 70 岁了，是村里文化水平比较高的。虽说走路都不方便，但他主动承担起宣传党的扶贫政策的任务。他先把宣传内容用小本本记下来，再用彝语翻译做备注，到田间地头讲，到彝家火塘边讲。

二

阿吼村的太阳从西边出来了。这话是阿尔说尔老人说的。

这天，阿吼村在朝霞中醒来，果果和阿尔说尔到处广播：“开会了，开会了，发鸡了。”

王小兵有力地挥了挥手说：“阿吼村的兄弟姐妹老少爷们，今天，我们第一次给阿吼村贫困户发鸡苗，以后还会有第二次，第三次，还会给大家发猪苗。”

果果和阿尔说尔领头，掌声从四面八方响起。

“今天，我们给每户贫困户发 5 只鸡苗。”杨永生举起一只半大的鸡，“注意，每只鸡苗我们都登记了，是有户口的。每家领回去养大了，我们按照市场价格回收。”

杨永生本来人就瘦，扶贫帮扶以来，又一直在阿吼村和周边村子奔波，现在更是又黑又瘦。前几天，阿吼村刮起 12 级大风，杨永生走在山梁上，被大风吹得半天起不了身。他就顺势躺在地上，看天空乱云飞渡。阿尔说尔告诉村民，杨永生这人不可貌相，本事大着呢，能在荒山地里种出钞票

阿吼村开展养殖劳动竞赛，王小兵现场宣读竞赛规则
蒋志明 / 摄

来。所以大家对他都往高里看，敬着。

“今天给大家发的鸡苗，都是经过检疫了，身体健康状况良好。”杨永生的话引来哄堂大笑。

“我们这次要开展劳动竞赛，看谁养的鸡卖得钱多，看谁养的鸡成活率高，我们在第二次发鸡的时候给400元、300元不等的奖励。成活率最低的，我们要批评，要给他家亮黄牌，再发鸡，这家就没份了。”

果果一直在忙前忙后帮助发鸡苗。忙不过来，她还逮了个小伙子来帮忙。小伙子阿来伍合在成都读大学，学校放假，回来帮家里务工。这不，正赶上村里发鸡苗，他感觉新鲜，也跑来帮忙。果果是阿吼村的村花，和村花一起劳动总是很愉快的。分别时，两个年轻人彼此留下了微信。

开展劳动竞赛给阿吼村带来不小的变化。村民们和扶贫干部之间的关系更加和谐，见面时，远远地就开始打招呼，叫王小兵“舅舅”的孩子也越来越多。

和母亲谈起这些趣事，王小兵很开心，也有些小得意。

王小兵的父亲去世得早。母亲衣之阿依是一名党员。1964年5月，她作为全国少数民族文化工作优秀代表进京，参加了全国文化艺术汇报演出，受到国家领导人和老一辈无产阶级革命家的接见。儿子的扶贫工作，她看在眼里，心里却隐隐有些担心：“你在扶贫工作上做的一切不是代表你个人，而是代表组织，你干得好，群众会认为这是党的政策好；干得不好，会认为是党的政策落实得不好。”

“妈说得对。”王小兵认真地说，“前段时间工作千头万绪，局面有些打不开，就特别着急上火。最近情况有些好转，自己就有点飘了，妈提醒得好。”

阿吼村的热浪接二连三。

根据四川农业大学教授考察后的意见，村党支部郑重决定，开始在村里建设产业园，先试种百合和羌活。

试种工作顺利推进，而合作社的建设却遇到了困难。

在阿吼村的脱贫攻坚中，合作社的建设是最重要的一项，能够防止贫困户返贫。

原来估计不会成为问题的事情，结果成了最大的问题。在阿吼村合作社动员大会上，村里73户贫困户有近半数不愿意加入合作社。

“我们阿吼村祖祖辈辈都是‘土豆填肚皮，养鸡换盐巴’。”贫困户曲木阿各莫跳起脚反对，“大家说说，谁家种过百合、羌活？要是没有种出来，谁赔？况且加入合作社还要交200元钱。”

虽然没有人山人海，但有红旗在风中猎猎。在阿吼村背面的山坡上，劳动的歌声此起彼伏。这是海拔3000多米的乱石荒地，极为陡峭。就是这样一个地方，王小兵却很满意，因为农业大学的教授说了，这样的海拔和土质可以种百合、羌活、雪桃。在他眼里，这里简直就是出产钞票的地方。现在虽然只有200亩，但如果以后规模扩大，还可以流转些村民的土地进来。参加合作社劳动的基本上是贫困户中的贫困户，在这里劳动，每天可以挣100元钱，也是一笔不小的收入。

王小兵想找没有加入合作社的贫困户聊一聊，特别是曲木阿各莫。

头天晚上，王小兵和母亲聊了很久。73岁的母亲患过肾衰竭，现在又患有糖尿病，每天服药还得卧床休养。他有一双儿女，大的六岁，小的还不到两岁。老婆在喜德县一个乡村学校当老师，根本没有办法照顾母亲和家庭。只要有时间回家，王小兵就要陪母亲聊聊天，给母亲捏捏腿。

看儿子心事重重，母亲问：“又遇到困难啦？”

“也不是啥大问题，就是在成立合作社的时候阻力有点大。”王小兵把情况简单和母亲说了说。

“你说的那个曲木阿各莫还是我们家远房亲戚呢。”母亲思忖道，“你可以通过这层关系和她慢慢沟通。”

王小兵鼓起勇气，第七次上门去找曲木阿各莫。进门后，曲木阿各莫并没有招呼王小兵到火塘边就坐。王小兵丝毫不在意，直接和曲木阿各莫开始“理亲”。

一番梳理下来，曲木阿各莫得叫王小兵“阿普”（彝语，即爷爷）。曲木阿各莫连忙把王小兵请到火塘上首上坐，连声叫“阿普，阿普”。

王小兵不客气地就坐，然后介绍了合作社的情况。“曲木阿各莫，你是个聪明人啊。”王小兵不急不躁慢慢开导，“我们的合作社虽然说是阿吼村的集体经济，但是里面也有帮扶单位的资金和物资方面的支持，我们阿吼村所有贫困户每户交的200元加起来也才1万多点，之所以要交这钱，就是要让大家知道这个合作社是贫困户自己的，以后会让非贫

邀请专家教授“青薯9号”种植技巧　　蒋志明/摄

困户也加入，让大家像这把筷子一样抱成团，都脱贫。”

“阿普，”曲木阿各莫有些理解，“是不是不加入合作社，就没有分红的资格？是不是加入了之后，合作社的务工就会安排我了？”

“对，你加入合作社，就和已经加入了的贫困户一样有权利享受分红和务工。”

三

“噼啪噼啪……”远处有鞭炮声传来。王小兵知道，这是果果结婚了。

以前，王小兵特别讨厌鞭炮声，但现在，他却很喜欢。大一点的鞭炮燃放时，声音像锣鼓的鼓点，沉闷而悠长；小点的鞭炮燃放时，急促而清脆。在山窝里的阿吼村，连鞭炮声都那么平实且穿透力强，直抒胸臆。

婚礼场面壮观，桌子边坐得满满当当。桌子上，当仁不让地放着大碗的坨坨肉，放眼望去，一碗碗坨坨肉简直可以用“浩浩荡荡”来形容。

一对新人身着彝族婚礼装，手牵手走过来。王小兵笑着说：“你们俩一路走来不容易，也开创了这么多年来阿吼村姑娘留在本村的先例。以后，会有更多的姑娘留下来，更多的姑娘嫁进来，我要祝福你们，更要感谢你们。”

果果向王小兵深深鞠躬，转身对阿来伍合说：“我们能在一起不容易。为了说服父母退婚，好多扶贫干部都到我们家来劝说。”说着眼泪就要掉下来。

“可别，果果。”王小兵连忙摆手，“今天是大喜的日子，不能掉泪。”

“我是不再出去了。”果果摇着阿来伍合的手臂，“以后你到浙江去打工，我就在家里做些扶贫的事。”

不久后的一天，果果捧着羌活根哭了起来。试种成功的羌活，搬到产业园后居然水土不服，不要说果实，就连叶子也萎靡不振。

在一旁劳动的贫困户围了过来，曲木阿各莫指着杨永生说：“当时我不加入合作社，你们说合作社要种植这、种植那，要分多少多少钱。现在好了吧，反正到时候我的钱要退给我。”跟着她的两个年轻人也跟着起哄：“退，退群，退群。”

杨永生抱着头想哭。他没日没夜为阿吼村付出，从 2016 年年初到现在，人瘦得像火柴棍一样。

“别管他们！”果果不哭了，过来坐在杨永生对面，恨恨地说，“到时候一定要让那些想退群的人后悔。”

2017 年 8 月 8 日，杨永生按照农业大学教授的介绍，几经辗转来到阿坝州一个偏远的小村庄，这里是川贝母种植基地。川贝每亩成本要 10 万元，收成好的话，一亩的果实可以卖到 30 万元。杨永生仿佛看到了红彤彤的钞票在自己面前晃。在九寨沟地震强烈的余震中，杨永生将贝母球运回到阿吼村。站在产业园组织贫困户种植贝母的时候，杨永生的头还在摇晃。

种下贝母的时候，也种下了杨永生沉甸甸的希望。

贝母花开的季节，堆在阿吼村贫困户脸上的笑容厚了起来，一层又一层，一圈又一圈。

阿吼村再次发放猪苗、鸡苗，贫困户们走路腰杆都是直的，脸上自信满满。

果果负责回收鸡，还帮助发放鸡苗和猪苗。鸡苗和猪苗的成活率达到 100% 的贫困户获得近 2000 元的收入，全部身挂大红花站在台上。州上和县上来的领导笑容满面地把奖金双手递给他们。

吉觉阿牛木从领奖台上下来时，激动得浑身都在发抖。多年来，她一直被贫困压得抬不起头。今天在领奖台上，给她发奖的领导问她有啥困难时，她没犹豫，摇摇头说：“相信只要自己勤劳，自己和孩子就一

定会过上好日子。”

阿吼村的天气有时候很特别，和山外不太一样。明明该出太阳，结果却下雪，该下雨的时候却出太阳。

阿尔说尔解释说这就是阿吼村——不走寻常路。冬天里该寒冷的时候出太阳，必有好事。

今天，修建了一年的阿吼村集中安置房竣工了。

贫困户每户一栋，73栋精致的小楼房在阿吼村党支部后面形成一个扇形，如一幅山水画挂在那里，浓淡相依且相宜。安置房背后是一个面积不小的文化广场，体育设施高低错落地摆放在广场的外侧。

建好了还得住上，舒适地住上。阿吼村党员和入党积极分子包干到户，每人负责帮几家贫困户搬迁到新房子。

王小兵负责吉觉阿牛木和博立五且家的搬迁。吉觉阿牛木家的老房子早已破败不堪，几间房子歪歪扭扭。新居可以拎包入住，可吉觉阿牛木慢慢腾腾收拾了半晌。王小兵一趟又一趟，忙碌了一整天。叫他舅舅的两个小女孩楼上楼下跑来跑去，在客厅里反复按着电视机的遥控器，不时在厨房的菜板上偷肉吃。王小兵觉得，幸福有时候很简单。

四

贫困户高高兴兴迁新居，文化广场和体育设施一时间使用率极高，党支部活动室外的篮球场也常常人满为患。

可没过几天，就有党员来给王小兵诉苦，自己“承包”的贫困户不想在新房子里住，坚决要求搬回老房子。

王小兵纳闷：多好的新房子啊，不喜欢？还要搬回老房子，况且这老房子是要拆的。王小兵详细询问了想搬回去住的几家贫困户。他们大多年龄比较大，说起理由也是吞吞吐吐。主要的原因是新房子没有火塘，没法关牛羊。

阿尔说尔说：从生到死，彝族就与火塘结下了深厚的感情。取暖是火塘，再寒冷的季节，回家往火塘边一坐，伸手在火塘一烤，再从沸腾的锅里舀出一碗土豆汤，马上暖意十足；彝族礼仪靠火塘，在火塘的上首一定是家里的年长者，长者的左手就是客人中的尊者。家族的重要会议和重大决策都要在火塘边召开。火塘就是彝族人的魂，搬到新房子的老人们不适应，没地儿找到被人尊重的感觉，像丢了魂。

可是不能在漂亮的新房子里挖个坑啊，王小兵头疼了，走路都在念念有词。那就给他们配个大盆子吧，王小兵灵光一现。

需要的贫困户每家发个火盆，放在客厅，这样就可以把火盆当火塘，这个“火塘”可以承载原来火塘的全部功能。然后，在集中安置点旁边修集中圈养房，让阿吼村的牛羊也住上好房子。

阿吼村党支部“扶贫攻坚挂图作战室”里，人们挤得满满当当，阿吼村要求入党的年轻人越来越多。现在召开支部大会，党支部活动室快坐不下了。

王小兵说，党支部现阶段的三大任务在稳步推进，现在要重点抓好产品销售，同时要抓文明程度的提升。

很快，《喜德县阿吼村文明新风积分制管理办法》出台。办法里将村民卫生习惯、自律习惯、守法新风、教育新风、勤俭新风、和谐新风等分值量化。积分由月度积分和年度加分组成。村党支部建立台账，实行“月公示、季评比、年总结”。有规范就有行动，阿吼村的文明新风从村民坚持洗脸洗手洗澡、不随地扔垃圾开始。果果还指导人们折叠被子、摆放花草等。为了保持阿吼村的整体清洁，合作社还出钱请了清洁人员。

回锅肉的香味常常浓郁地飘荡在阿吼村上空。这是王小兵对坨坨肉的改良，现在村里大事好事都是回锅肉当家。

一点一滴，阿吼村在变化，这种变化不仅仅表现在生活质量的提高，更在于阿吼村人从心底散发出的对自己能脱贫的自信，以及因此而来的心情舒畅和对幸福生活的向往。

“我时常牵挂着奋战在脱贫一线的同志们，280 多万驻村干部、第一书记，工作很投入、很给力，一定要保重身体。”习近平主席的新年贺词，让王小兵感觉就像在亲切地和他拉家常。王小兵的眼泪不争气地掉下来。

“习主席啊，您说了，农村 1000 多万贫困人口的脱贫任务要如期完成，还得咬定目标使劲干。我已经超期服役，可我还要继续干、使劲干！我，一个扶贫战线的小兵发誓！”

王小兵没有食言，元旦那天他就出现在阿吼村。

阿吼村种养殖合作社召开分红大会　　蒋志明 / 摄

过了几天，阿吼村合作社第一次分红。当时交了 200 元的贫困户，每家分得现金 1450 元，后来交纳了 300 元的非贫困户分得现金 800 元。所有贫困户和非贫困户都分得 500 斤优质土豆等物资。

2018 年，阿吼村人均收入 7180 元。

2019 年元旦这天，是王小兵最开心的日子。

喜德县影楼的摄影师主动免费来给阿吼村这两年结婚的新人拍婚纱照。拍照前，王小兵站在百合花丛中，叉着腰，严肃地说：“今天，我宣布，阿吼村不但摘掉贫困村的帽子，还把‘光棍村’的帽子扔到山脚下了，永远不再捡回来。”

“来，我们报数，看 18 对新人来齐没有。”摄影师招呼大家。

“1、2、3……”

“18！”果果十分响亮地报数。

“明天，你好！”18 对新人朝着天空呐喊。

18 对年轻的身影定格在百合花盛开的阿吼村，彩虹在他们头上款款而过。

如诗如画中益乡

涂吉祥　王　鹏　周睿智

中益乡一角　　涂吉祥 / 摄

追随武陵山脉起伏的脚步
寻找莼菜、黄精和蜂桶
灯盏与星河辉映
电力铁塔矗立山间
乘银线直下飞流
学校、作坊，晚归的农户
以光的名义让长夜盛开

——题记

山间的两棵千年银杏树绿意正浓。

7月的中益乡，横卧在满眼苍翠的山坳里。你若是在山脚信步，会见到一大片低矮茂盛的黄精，抬头便能看到圆木垒起的吊脚楼，三三两两抱在一起。那是一幅静谧祥和的乡村田园图画。

夜幕降临，若你站在山顶俯瞰，透过挤满莼菜的梯田，会看到密密匝匝的灯火璀璨斑斓。

重庆市石柱土家族自治县中益乡政府坐落在处于群山腹地的中坝场。中益乡大大小小的村落，则点缀在山间。

中益乡地处武陵山集中连片特困地区，是国网重庆市电力公司结对帮扶的17个深度贫困乡之一。这里人均耕地只有一亩多，且都零零碎碎地分布在山坡上。中益乡7个村，过去几乎都是集体经济“空壳村”、没产业的“空白村”、老人妇女儿童“留守村”。“出山没得路，点灯没得亮，吃水要靠天，勉强能糊口。”而如今，中益乡的老人们说，他们过上了连做梦都不敢想的日子。

2018年12月，中益乡7个村全部脱贫出列。

看着这块日夜奋斗的土地如今生机盎然，石柱县供电公司沙子供电所所长曾永洪的心中像是吃了蜜糖一样甜。2018年春天，他初到中益乡，那时正是这里脱贫攻坚的关键时刻，爬坡过坎，滚石上山。各项扶贫政策和产业正在中益乡落地，可电力供应还不能充分满足需求。患有呼吸道疾病的曾永洪紧急受命，出任沙子供电所所长一职。

大湾乡村民宿——在乡政府立军令状——电力扶贫工作站

7月，中益乡，坪坝村。

车，依山而行，奔驰在平整宽阔的水泥公路上，又在一座拱桥处迂回。许是连日暴雨的缘故，河心的几座小岛仅剩树梢探出头来。河畔是古朴的吊脚楼，青瓦红墙，鳞次栉比。风在镂空的长廊处嬉闹。赏心神游之际，“大湾乡村民宿”几个字赫然呈现在眼前。驻足门前，仔细看，这些民宿和其他地方的民宿似乎有些不同，但又一下说不出哪里不同。再仔细看，原来，这里看不到一根电线杆的影子。

望着水边崭新的吊脚楼，坪坝村村委会主任邓明贵喜滋滋地说：“这解决了游客拍照时抱怨电线的问题，可是让曾所长忙活了好一阵子。”大湾乡村民宿是坪坝村的明星扶贫工程，采用征房分红形式，每年每户村民可以有近8000元的收入。除此之外，民宿管理部门还为贫困户免费培训上岗，让他们负责民宿的环境维护工作，每年每人可固定获得近2万元的工资报酬。坪坝村脱贫走的是大力发展乡村旅游的路子。村里将43户村民的危房集中改造成民宿，可以直接接待各地游客。这让村里的8户贫困户成功脱贫。为了满足经营需求，曾永洪先后四次修改坪坝村的供电线路施工方案。大到每一条线路的走向，小到每一块户表的位置，任何一个细节他都不放过。

“这是坪坝村吸引游客的形象工程，我们有责任让具有民族风情的吊脚楼妥妥地安放在青山绿水间。”曾永洪说。增设箱式变压器，在山脚开辟电力通道，穿管入户……这样，不仅供电安全可靠，也让乡村民宿更加美观。

费尽心思地扮靓民宿是曾永洪心里认准要做的事，也是沙子供电所22名员工的共同目标。2018年4月，沙子供电所接到紧急任务：中益乡3000余户危房重建，急需在三个月内通电。而此时，沙子供电所所长空缺，谁来接下重担？曾永洪站了出来。

沙子供电所负责保障包括中益乡、沙子镇在内共三乡两镇511平方公里的居民生产生活用电。前些年，接到电力故障报修，工程车到不了，供电所员工就扛着工具步行，常常一个来回就是一天。现在，村村都修通了水泥路，远的地方单程也只需一个多小时。

中益乡逐步实现“两不愁，三保障”以来，不仅是交通，中益乡各个村的村容、水利、电网等都发生了变化。在主网架日益坚强的基础上，曾永洪认为，供电服务更应该靠前一步，更应该为当地脱贫助力一把。

戴着呼吸机，曾永洪上任了。

他先立军令状，向乡政府保证如期完成任务。3000余户危房重建，关系着3000余个家庭的生活，而这3000余户几乎都是建档立卡贫困户。

兑现承诺，得有足够的先决条件和过硬的本事，不然承诺就成了一句空洞的口号。“脱贫攻坚，电力先行”八个字像钉子一样牢牢钉在了曾永洪心头。严格把控每一个安全风险点，打洞立杆，装表接线……三个月，九十天，他带着队伍，走遍了中益乡的角角落落。

建峰村在一片平坦的山脚下，两排青瓦黄墙、造型独特的多层仿古

建筑点缀在山林间，周围环绕着层云薄雾。建峰村党支部书记冉启飞介绍，这片房舍是建峰村新建的村民集中安置点，一共13栋，可容纳30户易地搬迁移民和占地拆迁村民。在安置点一角，一条崭新的供电线路已架设完毕。居民入住前，电表就安装到户。沙子供电所还为安置点新装了一台200千伏安变压器，户均容量超过6千瓦，完全能满足入住居民生活和发展的用电需求。

距建峰村5公里，有全兴村居民集中安置点，11栋房屋顺着公路排列。这些漂亮的农家小楼也将成为武陵山区新的旅游点。沙子供电所的10余名员工完成了预埋线管、敷设电缆、安装表前线等工作。这样的“三线下地”工程，在中益乡的各个村都开展了。

这些年，中益乡加快基础设施建设，发挥区位优势，利用山区得天独厚的自然资源，突出发展以中蜂、莼菜、黄精、民宿等为重点的支柱产业。供电企业同时加快贫困地区电网改造升级，为改善贫困户生产生活条件、产业帮扶注入了强劲动力。

在承诺的时间内，沙子供电所硬是完成了3000余户新房的通电任务。乡政府给供电公司发来了感谢信，感谢信又转到了沙子供电所。曾永洪对大家说：“我们只是做了分内的事。感谢信是鼓励，也是鞭策，我们还要干得更好。”

在中益乡设立电力扶贫工作站，是曾永洪担任沙子供电所所长后作出的第一个建设性决定。在紧锣密鼓地给村民新房通电的过程中，曾永洪发现，村民要是咨询用电、交纳电费、报修故障等，都要跑到十几公里外的沙子镇去。山里通行不便，村民一来一回得花费半天时间。设置电力扶贫工作站，就相当于建了一个村民和供电所的联系点，可以随时保持信息畅通，还能实现中益乡几个村资源共享。不仅如此，扶贫工作站里还设立了便捷业务办理区，扩展用电申请办理、接待贫困户等五项业务。

目前，这个工作站已累计接待客户2200余人，受理新装、报修、搬迁等业务合计1632件。

“扶贫工程的本质就是便民服务工程，供电公司精准出击，干得确实巴适。”中益乡副乡长周卫这样评价。

扶贫车间和莼菜种植——甜蜜的事业——艰苦的电网改造

在中益乡龙河村扶贫车间，10余名戴着口罩的女工坐在工作台前，有的用电烙铁焊接耳机线，有的将耳机线头浸入240摄氏度的锡水里烫锡，有的在安装耳机开关。在中部切线工作台前，55岁的乔地菊正低头熟练地操作。只见她将一根根耳机线在电烙铁上转一圈，再间隔4厘米转一圈，然后娴熟地剥掉绝缘层……每天上班八九个小时，一个月有1800元左右的收入，乔地菊对家门口的这份工作十分满意。自2018年3月龙河村的扶贫车间投产以来，她就一直在这里工作。这份工作让她既能有收入，还能照顾家里的老人，陪着上学的孩子。

车间主管张春菊是车间的"元老"级人物和技术骨干。正在安装耳机开关的她，会不时抬头提醒刚入职的同事注意安全，防止烫伤。张春菊对扶贫车间的硬件设施十分满意，尤其是电力供应。她说："车间生产离不开电，现在电力很足，生产比较正常。"今年，车间主要代加工耳机线，预计务工人员将达到50人。

龙河村地处海拔1400多米的高山区域，全村768户，有贫困户53户。村子的贫困发生率一直居高不下。2018年4月，受当地政府委托，石柱县供电公司派员工李成到龙河村任驻村第一书记。一来到龙河村，李成就和曾永洪取得了联系。

30多岁的李成，有想法，思维活络。在石柱县供电公司的支持下，他带领全村人硬是将挂在山边的公路扩建了9公里，硬化了出村的3.5公里土路，还给村里新建了24口饮水池，铺设了8000余米的管网，将自来水送到了分散居住在大山之间的村民家。

大山里，几片歪歪斜斜的泥巴墙支撑着黑褐色的木板，龙河村有97户家庭住着C级和D级危房。李成和村委会主任挨家挨户地走访，将贫困户的房子一一登记在册。当年年底，53户贫困户住上了新房子。

在危房改造的同时，曾永洪早就根据龙河村的实际，提前为这个村争取到了电网改造升级项目。每次路过龙河村，曾永洪都要到李成的住处看看。一张单人床，一张办公桌，李成就住在简陋的村委会办公室里。

2018年7月的一天，曾永洪为李成带来了好消息：龙河村最偏远的村民组人家的低电压问题解决了。全村变压器由8台增至12台，龙河村户均配变容量提升至2千伏安。“龙河村人至少10年内不缺电。”曾永洪拍着胸脯，自豪地说。“那我得替龙河村感谢你，乡亲们以后还要种脆红李、种中药材，都离不开电啊。”李成是打心眼里佩服这个有能力、有热情的同事。同在供电企业工作，他们有了惺惺相惜的情谊。

2018年年底，龙河村脱贫出列。但是为了巩固提升脱贫攻坚成果，李成继续驻村。

也是看准了中益乡海拔高、气候适宜的自然条件，石柱县黄水镇人米俊华决定到龙河村投资。2018年年底，重庆米掌柜生态农业发展有限公司在中益乡建成，主要发展莼菜种植产业，然后将莼菜分级和加工。加工车间的生产用电全是李成和曾永洪给办的。让米俊华特别放心的是，有时候他们深夜遇到用电问题，一个电话，供电所的人就来了。从2018年的235亩莼菜发展到现在的500亩，米俊华的莼菜生产产量增加了一倍多，年产值翻了一番，2020年预计可达到600余万元。除了满足国内市场需求，米俊华还把莼菜转运至杭州，出口到日本。米俊华也兑现了当初对李成的承诺——通过土地流转、村内分红、务工等形式，他的公司惠及龙河村90余户村民，并帮助7户贫困户脱了贫。

电力扶贫，不仅扶助了莼菜种植产业，还支持着“甜蜜产业”。

山川秀美、绿树成荫、森林覆盖率高、远离工业污染，中益乡的自然环境非常适宜中华蜜蜂繁衍生息，而且，当地居民养殖蜜蜂历史悠久。

重庆六边形蜂业有限公司是中益乡扶贫支柱产业企业之一，他们引进现代化的生产工艺和设备，不断扩大产能，积极开发新品种，在发展的道路上越走越宽。“完善的电力保障，给了我们足够的信心。我们现在每年生产30万斤蜂蜜，带动114户农户致富，户均营收超过2万元。”说起他的“甜蜜产业”，蜂业公司总经理宋进自信满满。

充足的电力供应，来自沙子供电所员工在电网改造升级中付出的艰

建设一新的中益乡华溪村居民集中安置点　涂吉祥 / 摄

苦劳动。2019 年 12 月，在中益乡全兴村尖山坪，一群供电员工顶着寒风在崎岖狭窄的山路上艰难行走。一根电杆从山脚抬到山顶，需要 8 个人花费 5 个多小时。曾永洪戴着呼吸机提着热水壶走在前面。天冷，结冰，绳索容易打滑，上不了杆，曾永洪就浇上热水，待冰融化了，再继续往杆上爬。曾永洪带着供电所的兄弟们走完了中益乡电网改造升级的“最后一公里”，只有 10 余户居民的尖山坪用上了可靠电。

两年辛苦不寻常。在华溪村屋基坪台区，曾永洪和同事沿着华溪村先锋组崎岖不平的山路，经李松坪步行约 2 小时后，来到了屋基坪的 7 户老式木屋前。这里家家户户的房屋周围都挂着锥形的木蜂桶。成群结队的蜜蜂，同山里人一样，日出而作，日落而息，早出晚归，辛勤劳作。2018 年盛夏，村民谭地银兴奋得一夜没合眼。他没想到，祖祖辈辈生活的偏僻山区也能赶上电网改造升级。在那之前，受交通制约，水泥电杆无法运到山上，屋基坪一直用木电杆、木横担支撑供电线路。每逢夏季雷雨大风，整条线路摇摇欲坠。屋基坪的人本以为会在山里一直守着清贫的日子，没想到，电稳定了以后什么都顺了。谭地银家里养了 6 头牛和一头猪，还有 20 只蜂桶，不到一年他就脱贫了。

短短两年多时间，中益乡的 7 个村 35 个村民小组全部完成电网改造升级。从周家坝变电站到中益乡，在原有的 10 千伏周中一线的基础上，供电公司又新增了 10 千伏周中二线。两条线在中益乡场镇附近胜利“会师”，形成电网“手拉手”格局。在这个过程中，中益乡新装、增容变压器 28 台，增加供电容量 4800 千伏安。改造升级后的中益乡电网，彻底解决了低电压和三相不平衡的问题，提高了供电可靠性。

如今，大山深处的中益乡，溪水潺潺，鸟语花香。

成片的黄精，绕着房前屋后连绵生长；莼菜基地，辉映高山流水梯田成趣；吊脚楼民宿，带动乡村旅游宾朋满座；蜂蜜加工，让养蜂农户点“花”成金。

电，点亮了中益乡的山间民居；电，激活了中益乡的扶贫产业。如今，中益乡正着力打造“观赏作物 + 乡村旅游 + 特色支柱”产业链，按照“一村一园”思路，促进农旅融合发展，实现脱贫攻坚和乡村振兴有效衔接。

在华溪村的两棵古银杏树下，一座书院正在筹建。书院里，中益乡人将挥毫落墨，把中益乡的贫困写进历史，把电力人脱贫攻坚的故事告诉未来。

检草沟村变了样

何 佳

检草沟村　　张辉 / 摄

检草沟是沟是村？

检草沟位于黑龙江省佳木斯市桦南县大八浪乡的北部。这里曾是杂草丛生的沟壑，茂密、顽强的碱草遮盖了坑洼相连的土地，远望碧草如波，村庄得名检草沟。

碱草丰茂，土地贫瘠，2016 年，检草沟村被桦南县政府确定为贫困村。但这里的一沟沟碱草，也成为驻村扶贫工作队带领村民脱贫致富的基础。2019 年 5 月，检草沟村脱贫出列。

一

6 月的检草沟村，在鸟语花香中醒来。村民李文祥麻利地拌

好猪食、往猪舍水槽里加水后，就换上了一身迷彩服，推出停在门口的自行车，左脚蹬上脚蹬，右腿划出弧线，人稳稳地坐在车座上。今天，他与尹冬明书记约好了，先到牡丹江至佳木斯铁路客运专线建设工地干活，下午早点回来和尹冬明一起为村民挑选鸡雏。

检草沟村是佳木斯供电公司的定点扶贫村。2017 年 5 月，桦南县供电公司副经理尹冬明被派驻检草沟村担任第一书记。与他一起来的还有两名供电员工，34 岁的尹冬明是年龄最小的。

“要去驻村，心里还真有点慌。”尹冬明提前向检草沟村村主任蔡明亮了解情况：检草沟村是桦南县 83 个建档立卡贫困村之一，有 517 户 1480 人，其中贫困户 55 户 116 人。村民“等、靠、要”思想严重，村里缺少产业。

沟渠里堆满垃圾，飞扬的尘土中飘着异味，初到检草沟村，尹冬明一路留心。

那天中午，尹冬明刚到村头，就听到一个男人压抑的哭声，声音不大，但很悲恸。他顺着哭声走去，在村口后的一趟街看到几个村民围着一个蹲在地上的男人。他蓬头垢面、双手捂着脸，泪水混着手中的污垢顺着指缝往下流。

“这位大爷怎么了？”尹冬明走上前问。

看到眼前相貌堂堂、眉宇间带着一股子威严的外乡人，村民以为遇到了有钱的主，寻思着兴许能拉扯一把李文祥，就七嘴八舌地说开了。

李文祥就是蹲在地上的男子，46 岁，是贫困户。他媳妇年前肝硬化做手术，术后每个月还得吃药，家里欠下了一屁股外债。这天，李文祥再也凑不出钱买药了。两个孩子又都在上学，一家人住在下屋里（下屋：北方方言，特指仓房）。

村民叹息，尹冬明心里不是滋味，他翻衣兜摸出钱说：“买药要紧，我来就是带领村民脱贫致富的。”

啥？村民们张大嘴巴看着尹冬明。“我是驻村第一书记，今后吃住就在这里了。”尹冬明回答。原本还一脸感激的村民，听到尹冬明的话后，连连后退。

这时，李文祥也慢慢站起身来。他满脸皱纹，身材消瘦，个头却很高。他没有接尹冬明递过来的钱，慢声说：“这里穷。”然后，他就趿拉着一双甩帮的鞋走了。

东北风大，检草沟村村民的话如同风一样刮过全村。第二天一早，村里的五岁小孩都知道来了一位“白富帅”驻村书记。有好事村民竟然来到位于村西头的村委会，就为来看看尹冬明的风采。

“下巴没毛办事不牢”，是检草沟村村民多年来难得达成的共识。初中毕业的李文祥算是有文采，他说：“下来镀金，走仕途的。”

二

李文祥的媳妇王慧对他“戴有色眼镜看人”的看法不认同，说：“尹书记年纪轻轻就能担任供电公司的副经理，说明他有能力，那是咱村的福气。”

别看李文祥身高一米七五，可家里的大事小情都是身高一米五六的媳妇王慧在把持。

检草沟村到处是碱草。世代生活在检草沟村的李文祥早年因为家庭贫穷勉强上完初中。成家后，他日出而作日落而息，不肯歇一分钟，他媳妇更是恨不得一分钱掰成两半花。渐渐地，他家生活有了起色，日子也有了奔头，可王慧却病倒了。他说：“苦熬苦干攒钱买把伞，一阵大风撸了杆。”

当贫穷与疾病相遇，人就变得卑微了，还有着不知缘由的偏执。李文祥碍于媳妇的身体状况没有辩驳，但心里认定：“检草沟村与福气不挨边，之前村里也来过扶贫的人，可检草沟依旧贫穷。”所以，他在尹冬明来家走访时，直接铁将军把门——关门闭户。

5 月的天，小孩的脸，上午还艳阳高照，下晚就大雨倾盆。李文祥家瞬间成了“水帘洞”，锅碗瓢盆齐上阵，接雨水。他顾了天棚，顾不了后墙。孩子哭，媳妇急，李文祥是干跺脚。狂风夹着暴雨打下来，雨水顺着墙缝渗进来，下屋在风雨中喘息着。

穿着水叉、蹚着雨水，尹冬明和两名队员及时赶到。登梯子上房顶铺塑料布、找水桶往外拎积水、在院中开沟放水……啥时雨停，他们啥时才走。

第二天，雨过天晴，王慧将在村上走访的尹冬明请进屋。两人交

谈，尹冬明句句不离村民、生活。王慧觉得尹冬明实诚、有魄力，就说出了自己想养殖长毛兔的想法，又细说了以兔毛、兔皮为主的销售方法。

王慧是个秀气的小女人，也是一个要强的人。每年村里发放困难救济金，贫困户争得脸红脖子粗，她从不参与。之前，是自己身体不允许，现在扶贫书记就在眼前，她要争取过好日子。

尹冬明和王慧约定：她家第一个脱贫。

李文祥撇撇嘴，摇摇头。

王慧似打了鸡血，浑身是劲儿。她在家为肉兔养殖选址，让在山东读大学的儿子李佩瑶了解市场行情，货比三家，做好订购的准备，自己一有时间就“啃”那几本养兔技术书。

6月的原野，返青的稻苗迎着朝阳挺直了腰杆。行走在田埂上的村民望着满眼绿色流淌，也在无声地盯着尹冬明的“动静”。

一周后，尹冬明来到李文祥家，说他家申请的5万元小额免息扶贫贷款下来了。没过多久，李文祥家的长毛兔养殖场建起来了。

实事一个接一个落地，李文祥似坐过山车，一阵上一阵下。他听从了媳妇的安排，不再外出打工，在家割草、种菜。

十层笼子里白、黑、灰色的长毛兔毛色鲜亮、肥胖可爱。潮湿昏暗的下屋传出了欢笑声。

长毛兔为王慧赚到了人生第一桶金，也为贫困的家庭增添了明亮的色彩。不久，尹冬明又帮李文祥家申请了危房改造补助，将3万元钱送到了他家。

“是镀金，还是走仕途?”王慧眨着丹凤眼问李文祥。

李文祥吭哧半天回道：“再好的猎人也有看走眼的时候。”

不到一年时间，李文祥一家住上了新房。

三

青青的绿草在阳光下连成片，清风吹过，荡起层层波浪。尹冬明的思维随着摇曳的碧草而跳跃。

检草沟村以发展传统种植业和养殖业为主，村里贫困户隋庆泽和几名村民都搞过养殖。检草沟村周围植被茂密，碱草正是天然的好饲料，上级还有扶持政策。尹冬明琢磨来琢磨去，觉得脱贫还得靠养殖。

肉牛养殖户隋庆泽提起“养殖”二字，头摇得如同拨浪鼓。理由是：他家养了 6 年肉牛，也不知啥原因，本来好好的牛稍一长大就得病。他家是旧账加新债。

尹冬明找来了县里养殖方面的专家，组团会诊。结论是发展养牛可行，但养殖户缺技术、缺设备、缺动力电。

“缺啥补啥！”尹冬明说。

“干？真干？”隋庆泽问。

尹冬明不含糊，跑信用社，为贫困户办理贷款；回供电公司争取低压电网改造项目，架设动力电；向县畜牧局申请技术指导，请专业人员来村里培训。在最后收口时，他发现资金不够，就自掏腰包 1.3 万元，为牛场购买了照明设施、建了消毒池。

成立养牛合作社是村子里少有的大事，引来了不少围观的村民，有如李文祥这样真心出工出力的，也有在旁观望的。

钢锌材质做梁，蓝铁皮瓦做盖，红砖砌围墙。2017 年 11 月，检草沟村肉牛养殖合作社正式成立。13 名村民入社，存牛 181 头。

检草沟村肉牛养殖合作社一角　张辉 / 摄

隋庆泽给入社的村民算了一笔账：自家牛寄养在合作社，省出劳动力，牛生病有专业兽医，牛死亡有保险，扣除牛的饲养费，按照村集体、合作社、村民 1 比 3 比 6 的比例分红，村民每年每头牛纯收入在 6000 元以上。

听着牛“哞哞”的叫声，隋庆泽觉得是一种享受。他说：“睡觉都能笑醒，简直就是捡钱。”

同样看好养殖的还有李文祥，他一天总要去几趟村西南角的肉牛养殖合作社，摸摸墙，看看牛。自从养兔以来，他就悟出了养殖的门道：“小鸡头大脚高、身长体重是公的，身圆脚短是母的……”村民们抓鸡雏买鹅雏都找他。

尹冬明鼓励村民发展庭院经济，还多处联系捐助，免费提供鸡雏、饲料和疫苗，并与养殖户达成长期供销协议。

李文祥双眼放出了光，觉得属于他家的春天又来了：“我家养猪。”

东北的冬天，白雪覆盖，寒风呼啸。李文祥夫妇把三个猪舍包裹得严严实实。“母猪—猪崽—壳郎猪”自产自养的养殖模式，不花本钱，去掉饲料钱剩下的就都是收益。两人每天在猪“哼哼”中忙碌，在猪“哼哼”中歌唱。李文祥脸上的褶子都开了，以前村里的孩子叫他爷爷，现在都喊叔叔。

村民想起了尹冬明进村叫李文祥大爷的事，笑说李文祥长得着急。笑过、乐过，村民是打心眼里佩服尹冬明——这个小伙子办事靠谱！

四

平坦宽阔的水泥路，高高矗立的路灯杆，红瓦黄墙的砖房，蓝白相间的铁栅栏，检草沟村沐浴在晨光中。

村委会墙上“全面建成小康社会，一个不能少；共同富裕路上，一个不能掉队”的标语在阳光中越发显眼。如何用党的好政策发展产业项目，为贫困户托底增收？尹冬明将目光投向了检草沟村废弃的空地，他要发挥电力优势，发展光伏发电扶贫项目。他咨询了县扶贫办，与供电公司的营销部专责商量后得知，发展光伏需要大面积地块。农村大多是基本农田，很难有闲置的大块土地。就在尹冬明想办法解决这个难题时，他又遭到了村民的阻拦，急得满嘴起泡。

“尹书记在村里发展光伏发电扶贫项目遇到麻烦了。”王慧将村民间聊天的内容告诉了李文祥。

李文祥忙问咋回事？

王慧讲，尹书记说光伏产业扶贫是党和政府为贫困群众实现脱贫的“造血工程”。光伏发的电全额上网，结算的钱一部分还贷款，一部分给贫困户，这样他们就有了长久的固定收入。

“这是好事，咱村的人咋不明白呢？”李文祥一溜烟跑到村委会。

原来，有些村民怕地面上的“蓝板子”影响农业收成，怕“辐射”……李文祥知道，这是村民心里没底。他们不相信尹冬明拿来的光伏发电材料无污染，也不想听口头的国家光伏扶贫政策。李文祥建议他们去邻近的县城参观光伏发电扶贫项目，让事实说话。

解除了村民的疑虑，尹冬明却病倒在奔波的路上。2018 年 6 月 12 日，他被送往桦南县人民医院，后转院到哈尔滨第一医院，确诊为甲状腺恶性肿瘤。

尹冬明在拿到报告单的那一刻，独自站在医院一个无人的角落，泪水模糊了双眼。他想到年迈的父母，想到了很久没有见面的妻女，满心愧疚。他又想到检草沟村，想到他和村民“共同富裕”的约定。

在尹冬明的软磨硬泡下，主治医生开了药，并叮嘱他“注意休养，适当工作”。尹冬明又回到了检草沟村。

发展光伏发电扶贫项目，村里闲置的土地不足，怎么办？看着尹冬明不断往返于县城、乡政府、村委会和邻村，李文祥心疼地说：“真想替尹书记忙，让他歇一歇。”

2018 年 8 月 2 日，尹冬明病情加重，入院治疗。8 月 4 日，他做了手术。出院后第三天，他又回到了检草沟村。妻子陈明燕对他隐瞒病情本就很生气，得知他还要回检草沟村，大声哭喊：“你不要命了！”

他说：“我和村民约好了要建光伏发电站！”

“那你还发誓照顾我一生呢。”

沉默、泪水……

最终，陈明燕妥协。尹冬明也作出让步，答应她建完光伏发电扶贫电站就回家安心养病。

进县城返乡镇，铺设场地、联系厂家，尹冬明忙起来就忘了医嘱。由于术后高强度工作，他的身体出现了不适症状，药物用量也增加了两次。佳木斯供电公司领导劝尹冬明退出驻村工作队，并要重新选派驻村书记。尹冬明不同意："新人不了解情况还得从头开始，扶贫工作耽搁不得，检草沟村不脱贫出列，我决不能先出列。"

2018 年 9 月末，检草沟村与相邻的 5 个村联合建成了 4000 平方米的光伏发电扶贫电站。一年后，检草沟村贫困户年人均获益 1200 元。村民们乐在眉梢、喜在心里。

五

农闲下来的村民聚在一起，嗑瓜子、扯闲话。今天张家堵了李家的放水沟，明天王家媳妇说了刘家媳妇的坏话，有时还会发生口角。

尹冬明意识到：丰富村民精神文化生活至关重要。自从见到于文洁后，他更加坚定了这个想法。

那天，一名干瘦、说话"嘎嘣脆"的妇女蹿到尹冬明面前："李文祥家养猪又养兔，咋能算贫困户？猪粪熏人蚊虫跋扈，我家实在没法开窗户！"

扶贫工作队队员李守全忍着笑暗示尹冬明，这是邻里矛盾，不在咱扶贫的范畴。蔡明亮也给他使眼色，意思是惹不起。

"邻里矛盾看着小，实则关系着村民关系和谐、村子经济，更关系着扶贫成果。"尹冬明当场打保票，一定让李文祥家改善环境卫生。

李守全听后直拍脑门："养猪就有味，能咋处理？"

看着女人一蹿一跳地走了，蔡明亮开口："这个女人是李文祥家的邻居，叫于文洁，也叫'穆桂英'，村里啥事都落不下她。自从没了男人，她把闲余时间都放在了东家长西家短上，一张嘴是能言善辩，谁也不敢惹她。"

尹冬明介绍于文洁到铁路施工队做饭，给予她物质帮助和精神关怀。

自从牡丹江至佳木斯铁路客运专线建设项目部入驻桦南县以来，尹冬明就从中搭桥牵线，介绍检草沟村村民到工地打零工，联系施工队租用村民的机械车辆，以增加村民收入。

于文洁忙了起来，没有唠闲嗑的时间，每月还有了固定收入。她又一蹿一跳起来。

尹冬明与村支两委就猪粪处理问题展开讨论，最终决定在村南地头建立化粪池，将李文祥等养殖户家中的牲畜粪便统一处理，然后给村里的贫困户上地当肥料。这样既节省了村民种地的成本，又优化了村内环境。

其实，最让于文洁高兴的还是最近检草沟村安装的户户通有线电视："户户通比村民以前看的'小锅盖'节目多，画面还清晰。能看文艺、体育、电视剧，还能看电影呢。"

夕阳西下，忙了一天的村民聚在村广场，男人聊足球、篮球、军事，女人唠明星，说热播剧。

"甄嬛有心计、沈眉庄大意……"在交流中，于文洁一蹿一跳的动作和搞笑的评论，总是引得村民笑声不断。在笑声中，王慧看到了她头顶的缕缕白发……突然，王慧理解了喜也蹿跳怒也蹿跳的于文洁一个人生活的不易和精神生活的空虚。一天两天过去了，两人话题多，见面也多了。王慧主动向于文洁道歉。于文洁说教她家搞卫生，王慧说教她养猪，两人说着笑成一团。

"没有全民健康，就没有全面小康。"尹冬明协调桦南县中医院在检草沟村开展免费义诊活动，160 人接受义诊，为村民户节省医疗费 4 万余元。

2019 年，贫困户闫清林的女儿考上了黑龙江大学。尹冬明送去了助学金，并鼓励她努力学习，用知识建设家乡。

尹冬明与乡政府协调，让村里的 6 名贫困户到乡里的保洁员公益岗位工作，每人每年可增加收入 2000 元。

新房起，产业兴，观念变，风气正，检草沟村变了模样。

如今，检草沟村正开足马力，向着更加美好的明天出发。尹冬明的病情也得到了很好的控制。

脚下沾有多少泥土，心中就有多少真情。"虽然检草沟村已经脱贫出列，但受疫情影响村民经济收入不如意。我要带领村民发展好种植业和养殖业，巩固脱贫成果，让村子更加美丽。"尹冬明目视远方，信心十足。

六人沟村的故事

任林举

六人沟村日出　　徐友林 / 摄

孙利军第一次来到安图县两江镇六人沟村，是 2017 年 4 月，正逢一年春好时。

站在小村坐落的山间高地上举目四顾，他看见巍巍的群山如一把高背巨椅在北方远远地将小村环绕，松花江浩浩荡荡在南边展开长臂将小村反抱，远处巍峨的长白山正是白雪皑皑，如洁白的圣境。此时，山外的大地刚刚回暖，这里已经抢先一步进入春天，山间的草木已经纷纷吐出了粉红、嫩绿的芳华。

毕业于东北师范大学物理系的孙利军是国网延边供电公司的一名中层干部，在近 30 年的工作经历中，他当过企业培训教师，当过工程管理人员，干过项目招标工作，也担任过基层政工领导，丰富的工作阅历和严格的职业训练，让他养成了高效而且稳健的作风。作为六人沟村驻村第一书记，上任第二天，他就开始了挨家挨户的走访调研，他要首先搞清楚让六人沟村陷入贫穷的真正原因。

一

先期的“入户”工作进行得异常艰难，也没有收到很好的效果。当孙利军敲开一户户村民的门时，他遇到的是冷漠的、怀疑的、拒绝的，甚至是轻蔑的、抵抗的目光和表情，有时，他还会猝不及防地遇到毫不客气的“闭门羹”或“驱逐”。这期间，和村民的谈话经常会因为“话不投机”或无话可说而终止，几乎没听到多少有价值的意见或建议，但他并不气馁。他下定决心，要靠自己的尽心尽力改变这一切。

第一轮调研结束，孙利军初步理出了一点儿头绪。论自然条件，六人沟村应该说比较优越，甚至超出了孙利军的想象。虽然村子周边被森林环绕，但可耕种的土地面积却相当可观。目前摆在明处的可耕种土地就有 334 公顷，加上一些开荒地和不入账的土地，总量要在 400 公顷开外。按照户籍中的户数算共有 115 户，在册人数为 283 人，村里的实际户数才 70 多户，人口 200 人左右，户均土地 4 公顷多，实打实地落实到人头上也有平均近 2 公顷，只要支配合理，仅凭土地所创造的财富便可轻松突破贫困线。

时值午夜，孙利军的窗口如一双明亮的眼睛，没有一点儿困倦之意。他伏在一张简陋的桌子上，凝视着一张写满了字迹的纸。这是他给六人沟村开列出的初步“诊断”。“诊断”上字迹清晰，毫不含糊：一是人口素质偏低，导致总体创造能力和生产效率都处于低水平运行。二是人们思想观念相对落后、陈旧，积极进取的意识淡泊，相互攀比的风气较重。三是人心不齐、涣散、散漫，人际关系复杂。

归根到底，就是人的问题。人的问题不解决，再好的资源也发挥不出作用，变不成财富。要想彻底解决六人沟脱贫、致富问题，绝不能仅靠物质上的接济和帮扶，最重要的是要把历史的积怨平息掉；把尖锐的矛盾消灭掉；把人心“拢”起来；把村民们向好、向善、向上的内生动力激发出来。

这个清晨，孙利军起来得很早，他沿着村道往农田与森林的交界处走了一段，然后又下意识地折返回来。六月的村庄已经桃红柳绿，鸟语花香，但他没有心思去细细品味这来自大自然的美好，纷乱的思绪如感染了春天情绪的小鸟一样，在心头飞来飞去。

今天，他就要着手一项十分棘手的工作——重新精准识别六人沟的贫困户。这是上级的明确要求，也是解决六人沟村目前突出矛盾的突破口。这开局的第一“仗”能否打好，决定了他在六人沟工作的基调、立场和形象，只能成功不能失败。

让孙利军想不到的是，这个动议一提出，立即遭到了村委的强烈反对，从村主任到会计都坚持原有的困难户一个也不能退。为什么呢？因为现有的“盘子”是村委提出和村民代表举手通过，经过了民主程序产生的。但认真审视现有的名单，里边存在着很大问题。对个别明显不符合贫困标准的人，如果保留不退，很显然从群众和镇政府两个方面都不会答应。对此，孙利军心里是有数的，但面对村委激烈的情绪，他并没有急于表态，而是来了一个顺水推舟。

“那好吧，既然大家都不同意退，先把这个意见报到镇政府，听听上级的意见。”

镇政府的意见很明确。对于初次申报把握不准或分配不合理的问题，必须予以修正，尽最大努力实现“精准”，否则问题出在谁身上，谁要负全责。一提“负责”，村委便不再出声。但如何剔除，仍是一个很伤脑筋的事情。为稳妥起见，孙利军带着问题和六人沟的实际情况去请教两江镇的有关部门，镇里的建议还是由村民代表投票产生。

不料，这次选举结果仍然与大家公认的实际情况有很大的差距。如果维持现状，势必还要引起新一轮的争执和矛盾。怎么办？面对这样的结果，村委其他人也感到很尴尬。

“那，村委拿一个意见吧！”孙利军在关键时刻，保持住了应有的克制和沉稳。

“那还是重新考虑吧！”村主任和会计带头表态。

在接下来的两天里，孙利军带着深深忧虑反复思考着一个问题——面对这样一个人文生态如此复杂的村子，如何能够很好地解决存在的问题，又如何能够输入正能量，树立起良好的观念和风气？

孙利军决定召集“两委”成员，让大家坐下来对原有的51户贫困户逐一推敲。这一次，孙利军事先讲了一番严厉的话，提醒两委要重新认识这次扶贫攻坚任务的意义。扶贫，不是一般性的福利，更不是可以随便贪占的小便宜，这是党的民心工程，不仅要让贫困人口走出贫困，更要体现国家对人民的关爱和“公义”，不能让有能力、有出路的人，挤占没能力、没出路的人。我们这些掌握政策的人更不能凭着一己情感和个人恩怨做事。这一次，我们必须毫不含糊、公正公平地把这个工作做好，要挨家挨户比收入，比条件，不让一户够条件的落下，也不让一户不符合条件的混在其中。

这一次，一班人稳稳地坐下来，利用整整一天的时间，横推竖敲反复比较、讨论，终于“端”出一个意见一致的“盘子”。

此事之后，孙利军的工作原则和路数显露出端倪。村民们开始放下原有的成见，猜测、品评和议论起这个表面随和却“不好对付”的第一书记。

“这家伙还真有两下子，办事不糊涂。”

……

对于各种各样的议论，孙利军虽有耳闻但并没有表现出特殊的兴趣，他没有时间沾沾自喜，也没有时间左顾右盼。一段路走得是好是坏，能走到哪里，只有到最后才见分晓，他相信时间，也相信自己的脚步。

二

摸清了六人沟的底数，心中也有了比较系统的想法之后，孙利军突然想起应该抽空回一趟“娘家”了。许多天来的忙碌，几乎让他忽略了身后那个强大的支撑。虽然他只身来到这边远的小山村，但他从出发的那一刻起，怀里就已经揣着一份温暖的叮嘱：“别忘了你身后还有几百号兄弟姐妹和一个全力支持你的企业。”此时，孙利军的头脑是清晰的，他知道脱贫攻坚事业是一项艰巨的系统工程，只有大家一同关心、一同用心、一同出力，才能顺利、完美地实现预期目标。

清晨三点半，孙利军驾着自己的私家车赶往公司本部所在地延吉。193 公里的山路，平时需要紧张驾驶四个半小时才能赶到，可是冬季路上积了冰雪，就需要更久的时间。为了在九点钟之前赶到公司开会，孙

利军特意起了一个大早。可偏偏是忙中生乱，车行至安图附近，在路的转弯处，路面上突然出现一棵被风雪摧折的倒树，刹车已经来不及了，孙利军下意识一打方向盘，连人带车一齐翻入路边的沟里。幸好沟并不深，人没有受伤。可是，当他惊魂甫定地在众人关切的目光和真挚问候中坐在国网延边供电公司的会议室里时，已经是第三天上午九点。

孙利军成为那次会议的重要"主角"，而会议也只有一个主题，就是如何将企业的人力、财力和物力资源与六人沟村的脱贫工作合理对接，全面推进六人沟村整体脱贫。

"老孙，你就照直说吧，六人沟村的脱贫攻坚都需要什么?"

"需要人，千头万绪的工作，我一个人实在应对不过来。"

"好。那就再给你派去两个工作助手：一名中层干部，一名普通管理人员。"

"需要资金。六人沟村集体账户上基本没有余钱，很多工作无法正常开展。"孙利军接着说他的需求。

"好，资金问题分三个渠道给你解决——由分管财务副总经理尽快根据公司实际情况研究落实10万元可支配资金；由党群口通过组织党团活动的形式，包保六人沟村党务活动经费；由工会组织动员全体职工为六人沟捐款，解决燃眉之急……"

孙利军停了停接着说："还需要氛围。六人沟村地处边远，群众的观念、意识、习惯等都需要通过宣讲、带动和潜移默化的方式逐步转变，不形成氛围影响力不够。"

"好，今后六人沟村就是公司的党团活动基地和员工教育基地。定期组织各类活动将新知识、新技术、新观念、新风尚带进六人沟村。"

对于一个准军事化管理的现代央企，当某一个计划酝酿成熟，一旦启动，就会进入全速推进。各部门、各层级将按照预定的时间、节奏、标准协同作战，如一辆开足了马力的装甲战车，以不可阻挡之势轰隆隆直逼目标。决定一出，公司上下立即进入工作状态，共产党员服务队、工会、团委、机关志愿者团队……轮流开进六人沟村，对口包保、一对一帮扶、政策宣讲、义务劳动、知识讲座、特殊义工等活动持续展开。从此，六人沟村的村街村道、边沟、庭院卫生、垃圾等不再无人清理；墙面、美化绿化等不再无人问津；村里的孤寡、残疾村民有了热心的

"亲戚"；老化的电线、开关和灯具也被无偿更换和修理……六人沟村迅速发生着前所未有的变化。

正当人们沉浸在对六人沟美好未来的向往时，7月下旬的一场特大洪灾席卷了延边地区，几乎猝不及防，汹涌的山水就使六人沟村沉浸在一片水泽之中。大水从低处的河道涨上来，并一点点逼近房屋。这么大的洪水，组织人们筑堤防洪已经来不及啦！当然，如果洪水能够顺利通过，也不必惊慌失措，把村民全部集中起来也会引起不必要的混乱。孙利军决定只带着村主任和驻村工作队员，悄悄地监视、看守，只要洪水逼近哪几个农户，他就去把这几个农户的主人叫醒，让他们保持警觉注意防范，免得不知不觉间被洪水淹没。好在大水并没有淹到更多村民的房屋，终于在第二天清晨渐渐退去。

河水退去后，村庄一片狼藉，村子通往外部的路还在泥水之中，两处跨河的木桥被洪水冲毁，河道阻塞，农田机耕道也遭到严重毁坏……

灾后重建，最要紧的是路，路通了，村民出入自如了，其他工作才可以畅通无阻。孙利军立即召集开会，组织村班子集体讨论，要启动延边供电公司投入的扶贫款先把两座水毁的木桥修好。当然，再修不能修木桥，要修永久、坚固的水泥桥。在孙利军的职业生涯中，虽然一直和工程打交道，但主专业不是土建工程，一时说不准两座桥下来需要多少工程量和费用。大家在议论时说，河下游的不远处，还有一座五年前修建的水泥桥，当时修桥的石料是村子村民们出义务工为施工队无偿提供的，那座桥的桥体也并不厚实，主桥面和桥墩都是采用的400号水泥，五年前还花掉14万多呢！如今要修两座桥，考虑按物价涨幅和石料，以同样标准建设也要花去40多万元，现在延边供电公司拨付的款项，只剩下不到10万元，到哪里去筹集剩余的30多万？

大家对修桥并没有不同意见。研究到最后，问题的焦点只集中在钱上。钱由谁出？最后孙利军表态："先用村子账面这10万元开工，如果真的不够，我再去想办法，保证不给村民和村子增加任何负担。"对此，孙利军心里是有底数的，只要心里没有私欲，工程造价再高也不会高到离谱。就这样，"三委会"的决议以及村民代表的表决顺利通过。

会议一散，人们立即恢复了轻松自由的状态，一边往出走，一边发表着自己内心真实的感受。有人赞叹真是大手笔，也有人小声嘀咕：

“说了算的人，谁不想搞工程啊?”孙利军明白村民们的言外之意，但他只是淡淡一笑，佯装没有察觉。

为了把有限的资金花好用好，发挥最大效益，孙利军凭多年来的工程工作经验，决定自己设计，自己组织施工。图纸是他在网上“扒”下来的，材料是他亲自去镇里讲价购买的，人是雇的本村农民。为了保证质量，他采用了安全系数最高的设计，水泥和钢筋均超出设计标准一个档位，水泥是600号工程水泥，钢筋是双层25毫米钢筋。从早到晚，他四处奔波，与施工方和材料商讨价还价，像“打仗”一样监管着工程的质量、进度和造价。

一个月后，孙利军的体重掉了6斤，面色也和那些施工的工人一样黝黑，但两座漂亮而坚固的桥在村头建成了。让村民们感到惊喜的是，桥不但比以前宽了不少，而且开着机动车走在上边心里踏实了；更让他们想不到的是两座桥加一起才花了7万多元钱。这个账，他们会算，虽然他们不懂工程但却懂得类比，通过修桥这件事，他们就知道这个敢拍胸脯表态的第一书记做事不一样，还是可信的，他不糊弄人。

入冬后，延边供电公司工会又一次发动全体员工和三级职工食堂，对六人沟村实施了消费扶贫，将六人沟村的富余粮食、农副产品进行集中采购，大幅提高了村民收入。借此机会，孙利军和供电公司机关里前来助阵的同事们分片包干，走街串巷，挨家挨户做动员工作，劝导六人沟村民放弃多年来拒绝种植经济作物和发展多元经济的旧有观念，调整明年的种植计划，并酌情发展庭院经济。说得通的，记录下品种和种植面积；说不通的就一而再再而三地登门入户，入情入理地反复宣讲，反复安抚，帮他们算经济账，让他们打消顾虑大胆尝试。

2017年年底，六人沟在经济和面貌上的变化，除了村民们自己心里有数，镇、县两级组织也看在了眼里。这么多年以来，他们从来没想，也没指望六人沟能有今天，不但所有的贫困户都摘掉了贫困的帽子，村子里的道路、房屋和人也和以前不一样了，似乎一切都变得“顺眼”了。惊喜之余，一股脑又给了六人沟很多荣誉和奖励。奖励村子5万元，村子留用2万元，其余的又分发给了贫困户；奖励孙利军个人的5000元，也被他交到了村里，专门用于给那些打扫街道卫生的村民“发工资”。

六人沟村　　王海涛 / 摄

转眼冬去春来。随着时间的推移，孙利军感觉到了六人沟村民的表情也在渐渐发生着微妙的变化。从前冷漠、怀疑和敌视的神情不见了，就连曾经大骂过自己的老吕见面也微笑着点点头。山上的梨花刚刚开过，田里的青苗就早早地探出头来。几十年都没什么变化的农田里，已经出现了大豆、黏玉米和大棚蔬菜等高附加值的作物。

又是一个美妙的春天。孙利军走在鸟语花香的村街上，心里涌起了一丝莫名的欣喜和感动。

驻村帮扶情意浓

张爱萍　魏晓丽

杜力营子村村貌　　阜蒙县供电公司供图

看到吴国江的家，张建树的鼻子有些发酸。三间毛坯房，外墙没有粉刷，房檐挂着一串串萝卜干。进屋，土坯灶台上有个黑乎乎的碟子，里面盛满了腌萝卜条。吴国江的妻子赵薛芹蜷曲在土炕上。她患有类风湿，双侧股骨头坏死，下床都困难。妻子有病，两个女儿都在上学，药费、学费、生活费压得吴国江直不起身子。佝偻着背的吴国江没想到，眼前穿着整齐蓝色制服的人要和他家“结亲戚”。

吴国江的家在辽宁阜新蒙古族自治县（以下简称“阜蒙县”）福兴地镇杜力营子村。村子土地贫瘠，集体经济薄弱，青壮年外流，老弱病残无劳动能力人口比例大。村民思想保守，信访矛盾突出。全村 510 户 1950 人，建档立卡贫困户就有 103 户 234 人。

自 2015 年起，阜蒙县供电公司福兴地供电所所长张建树就在杜力营子村驻村，担任扶贫工作队队长。2018 年 3 月 8 日，张建树正式成为驻村第一书记。5 年前，张建树和吴国江结了

“亲戚”；5 年后，张建树成了村民的“自家人”。

一

2015 年 5 月 6 日，张建树站在了杜力营子村村部外。院里长满了高高矮矮的野草，村党支部和村委会的牌子在墙上摇摇欲坠。张建树皱了皱眉：“这咋扶，村委会这么破败，村民家里会啥样？”推门，推不开，他一打听才知道，杜力营子村的村干部“流动办公”。他们随身揣着公章，谁家需要，就到谁家去盖一下。

张建树索性蹲在村部的墙根下，开始思考眼前的问题。他抬头再看院里的景象，狠狠点了点头：“好歹当过 3 年兵，坚决不能当逃兵。”

张建树深入走访，完成了杜力营子村建档立卡贫困户的识别摸排工作。驻村两年，他帮助 46 户贫困户实现人均纯收入由不足 2500 元增加至 3500 元。在他的努力下，村里硬化了 3.9 公里的路面，修复改造了村卫生室和杜力屯文化广场，新装了 20 盏路灯。村民出行、小病就医等问题得以解决，业余文化生活得到丰富。

天干、雨少、太阳大，驻村这两年，张建树晒得又红又黑。村容村貌有所改观，但是要彻底扔掉贫困村的帽子，他还得再想办法。一天，张建树在报纸上看到了“阳光扶贫”的新闻，瞬间想到了在村里晒到的火辣辣的日头。回村后，他和村支两委班子合计，给村里建个光伏扶贫电站。

“好是好，钱从哪儿来？”村委会主任赵海霞问。“钱，我去想想办法。”这两年，张建树没少说这句话。找项目、找资金，他为了杜力营子村脱贫想尽了办法。

2017 年 5 月 18 日，国网辽宁省电力有限公司拨付杜力营子村 10 万元扶贫资金。张建树和村支两委班子成员讨论了三天，一份光伏扶贫电站建设规划出炉了。他们计划从村里 5 个自然屯各选一户贫困户，在贫困户家房顶安装光伏板。

张建树信心满满，可没承想，在村民代表大会上这个规划遇了阻。60 多岁的村民王振合最反对。他指着张建树的鼻子说：“房子压坏了你负责啊！”王振合在村里小有威望，其他人也跟着嚷开了。“为什么是这 5 户，不公平！”“太阳光能变成钱，骗人吧！”……张建树对村民说：

"大伙儿听我说，这10万块钱买了米面油发了，解决不了实际问题。光伏扶贫项目是国家'精准扶贫十大工程'之一。供电公司全力支持。这个项目风险小，还能有25年稳定收益。"吵嚷的声音渐渐小了下去。张建树又提议："大伙儿有疑虑，那就先在村部房顶建吧，集中建设也便于管理。"王振合不情不愿地带头举了手。这就算是通过了。

回家进屋，王振合闷声躺在炕上。老伴见状忙问："去村部开会，咋还开出气来了。"王振合一下坐起身来说："那个张建树想弄幺蛾子，10万块钱建啥光伏。我看，他就是来咱村糊弄一下，得个政绩走人。"

2017年6月2日，杜力营子村12千瓦分布式光伏扶贫项目启动。张建树一边忙着招标选厂家签订施工合同，一边跑政府相关部门备案，又向阜蒙县供电公司求援。12月6日，项目动工，村部大院门前围满了看热闹的人。顶着寒风，张建树全程监工。王振合远远看着大叫："太败家，10万块啊，就满房顶装大蓝板子。"

20个工作日的并网接电手续，张建树他们13天就完成了。一个月后，王振合听赵海霞说光伏扶贫电站结算的电费再加上国家补贴，有1250元钱打到了村里的账户上，立刻掰着手指头算账：一年下来，光伏发电就能收益1.5万元，阳光真的变成了钱。王振合心想："张建树没忽悠人。"

村民认可光伏扶贫项目，让张建树有了信心。2019年7月11日，在村民代表大会上，张建树说："村里打算用县委组织部和扶贫局捐赠的20万元，建设二期50千瓦光伏扶贫电站，听听大家意见。"王振合立即站起来，笑着说："张书记，我们家房顶可以建光伏。"立刻，有人跟着也这么说。张建树笑着回应："这次村里研究，在咱村幼儿园房顶上建。"如今，杜力营子村的两期光伏扶贫项目每年可增加村集体收入近5万元。

驻村扶贫，事情特别多，可张建树心里一直把"穷亲戚"的事放在心上。2018年8月的一天，张建树带着面和油去走"亲戚"，赵薛芹抹着眼泪说即将读高三的小女儿吴清华想辍学去打工。张建树劝吴清华："孩子，只有好好学习，将来才能帮到家里。你家的事我帮着想办法……"张建树多次跑县扶贫办和卫生部门，最后为他家争取到3000元帮扶资金。张建树又联系镇上的一个矿业公司给吴国江找了份工作，月工资 2400 元。吴国江渐渐对生活有了信心，起早贪黑地为生活奔忙着。每天上下班，吴国江都会经过村幼儿园。看着阳光下蓝色光伏板闪光，他觉得生活见亮了。

二

大日头下，躲在树上的知了叫个不停。微风吹拂，4 间平房外墙的瓷砖上闪动着点点光斑。掀开门帘，79 岁的吴显廷拎着一大桶猪食走向猪舍。这两年，吴显廷胖了，笑容多了，也爱和大伙儿唠嗑了。

吴显廷年轻时是民办教师，因工作失误被学校辞退，心生怨气，日渐颓废。后来老伴得了重病，他家陷入贫困。前几年，听说国家出台了关于民办教师的待遇政策，他多次向村党组织反映问题，却等不来回音，积怨日深。每隔一段时间，他就上镇里和县里上访。随后，村里接二连三地出现涉及历史遗留问题的上访。2018 年，杜力营子村党支部被阜蒙县县委组织部认定为信访矛盾突出的“软弱涣散村党组织”。

杜力营子村有 4 个党小组 49 名党员。2018 年 3 月，张建树成为驻村第一书记后第一次召开村支两委班子会议及党员大会。可会议只来了 38 名党员，还比计划晚了 40 分钟才开。会议室里，参会的人三人一群，两人一伙，蔫头耷脑。

驻村几年，张建树对村里的情况了如指掌，这样的场景他不是没想到。他表态说：“我希望和在座的党员一起，打造咱们村能打胜仗的村支两委队伍，带着大伙儿早日脱贫。”会场上，无人回应，空气凝重。最后，随着凳腿与水泥地摩擦产生的“嘎吱”声，郭久龙站了起来：“我不管你是队长还是书记，要是能把我们这伙人带好，我就服你。”郭久龙有心帮村里做点事，却对村党支部有些失望。

党员队伍不行，何谈带头脱贫？张建树找到相关单位和企业协调来了办公设备和 200 余册书籍，将党员活动室修缮一新。“根据地”建起来了，党员们渐渐愿意来村部走动了。

2018 年 7 月 1 日开会，郭久龙又“发作”了：“张书记，你要是能把总上访的老吴头儿的事解决了，我就服你。”向相关部门了解国家政策后，张建树对照标准了解到吴显廷不属于能享受相关待遇的人。带上有关材料，张建树去吴显廷家，晓之以理，向他讲明政策。吴显廷渐渐接受了这个事实。

7 月的傍晚，暑气重，一直伏在桌前整理扶贫信息的张建树感到脖子僵硬，十分难受。突然，手机铃声响起，电话那边传来吴显廷的声音：“张书记，信用社通知我好多次，如果还不按期还清贷款和利息，就要把我告到法院去。求你帮帮我。”为了给老伴治病，吴显廷拉饥荒、办贷款，生活艰难。“吴大爷，如果您信我，我去帮您协调一下。”张建树说。“张书记，我信你！”吴显廷说。

与当地农村信用合作社负责人对接，张建树介绍了吴显廷的情况。结合金融扶贫政策，信用社给吴显廷减免了 2000 余元利息。2018 年 8 月的一天，张建树又给吴显廷送来了政府批复的 5000 元贫困户房屋修缮资金。

旭日东升，霞光四溢，吴显廷家的院子一早就热闹起来。施工队给他家换上了彩钢瓦的房顶，还在外墙面贴上了瓷砖。郭久龙闻声而来，看着正指挥工人干活的吴显廷说：“吴叔，你最近人都精神了。”吴显廷咧嘴笑了：“你别说，这个张书记真行。”当天晌午，郭久龙找到张建树说：“张书记，以后，我就跟着你干了。”

2018 年 9 月，村党支部调整更换了党支部书记，又调整更换了支委两人。通过村民代表补选，郭久龙成为杜力营子村会计。

郭久龙实现了他的小梦想，吴清华的梦想也实现了。2019 年 8 月，吴清华考上了辽宁特殊教育师范高等专科学校。吴国江家申请到了民政部门的房屋修缮资金，土坯房换成了大平房，红砖砌墙，水泥护院。每天晨曦初露，吴国江就骑着摩托车去上班；临近中午，回家照顾妻子；傍晚，和工友走出厂房，惊飞枝头的一群山雀。吴国江想，以后的生活应该像山雀一样，自由自在地翱翔、追逐、歌唱。

夜幕降临，村里不再漆黑一片。盏盏路灯点亮，为劳作一天的村民照亮归家的路。

三

8 月，一场雨后，彩虹挂在了天边。杜力营子村养鹅合作社的鹅棚

张建树（右）和吴英春唠着新一茬的肉鹅养殖　　魏晓丽 / 摄

里，5000只绒毛泛黄的小鹅“呱呱”地叫着，享受着美味的早餐。合作社负责人吴英春和妻子于彩华忙着给小鹅添食。提起养鹅这事，夫妻俩有着说不完的故事。

那是2018年4月的一天，在离村不远的大田里，张建树找到了正在清理秸秆的吴英春。张建树开门见山：“英春老弟，村里准备成立肉鹅养殖合作社，村支书推荐你当个带头人，我想请你帮忙。”吴英春擦了把汗，直摆手：“以前，我力没少出，气没少受，工资都没有。我现在挺好，不求人，不受气。”张建树看着在田里汗流浃背的吴英春说：“如果村里没钱，我把自己工资给你。”吴英春很干脆：“钱，我不在乎。我愿意为村里做点事，就是不想置气。”吴英春的黑脸膛似乎红了一下，若有所思。张建树趁热打铁：“村支书为啥推荐你？知道你能为村里做事，知道你口碑好。”吴英春想了想，又说：“等我回家，和我媳妇儿商量商量。”

“我不赞成。咱家虽不富裕，但还过得去。我可不想冒险，万一赔了，喝西北风去啊！”吴英春商议的话还没说完，于彩华就给打断了。于彩华过日子仔细，但也“胆小”：“张书记新官上任，‘第一把火’烧

到咱家来了。家里二十来亩地，建鹅棚就得拿出去四亩。”

回到村委会，张建树心里不踏实，翻阅国家扶贫政策相关文件，又找来养鹅致富的成功事例，一直忙到凌晨。

第二天一早，他又去了吴英春家。“又找我们家老吴啊，养鹅这事儿没得商量。”于彩华根本不给张建树面子，说话直截了当。“这个项目投资少，见效快，能带动贫困户脱贫。只要你们同意，协调建鹅棚的事我包了。”张建树要先打消于彩华的顾虑。于彩华接过话茬：“你要是啥都管，我们就考虑考虑。”吴英春瞪了妻子一眼。原来，夫妻俩昨晚说好不干的。

在张建树联系建棚的时候，于彩华突然打来电话说又不想养鹅了。张建树联系了锦州市黑山县一家养鹅场，自己开车拉着吴英春两口子去考察。白鹅个个膘肥体壮，特别“馋人”。回来的路上，于彩华悄悄在手机上查了不少养鹅的信息，心思活了。一番察言观色，张建树说出了计划已久的想法：他争取 2.1 万元的产业扶持资金；村里 29 户没有劳动能力的贫困户以托养的方式入股合作社。“张书记，都听你的。”没等吴英春反应，于彩华抢着说。

半个月后，鹅棚开建了。协调解决占地、材料进场、建设施工等问题，张建树又向阜蒙县供电公司生产专责孙闯汇报了此事。孙闯说：“扶贫工作是大事，我们全力支持，你放心干吧。”“娘家”是后盾，鹅棚建设有了价值 1.2 万元的施工材料。3 天，电送到了鹅棚门口，1 万只鹅雏也送来了。于彩华对张建树的信任“升级”了。

70 天后，第一茬肉鹅要出栏，可联系好的收购商因资金问题取消了订单。张建树没敢告诉吴英春两口子，自己打了一晚上电话，嗓子都哑了，也没找到合适的收购商。怎么办？鹅卖不出去赔钱不说，这好不容易聚起来的信心要是散了……张建树根本睡不着，将自己的朋友圈“烦”了个遍。最终，在朋友的帮助下，他联系到了买主。

卖鹅那天，一算账，于彩华吓了一跳：扣除成本、费用，一茬肉鹅居然净赚了 7 万多元！更让她高兴的是，在合作社托养肉鹅的 29 户贫困户每户平均收入 800 多元。她在吴英春脸上看到了满满的成就感。

2019 年 8 月，村里又将 5 万元扶贫资金注入养鹅合作社，并与合作社签了分红协议。张建树还设置了一个“党支部 + 合作社 + 贫困户”

杜力营子村幼儿园房顶上建设的光伏扶贫电站　　阜蒙县供电公司供图

的产业扶贫模式。

张建树的“穷亲戚”吴国江家也彻底翻了身。算上已经工作的大女儿的收入，去年吴国江家收入 6 万元。在积极治疗下，赵藓芹病情稳定了，也渐渐能出门活动了。今年，他家新换了电视，还买了电动三轮车。平时休息的时候，吴国江会拉着赵藓芹去赶集。吴清华很争气，大一期末就拿到了奖学金。吴国江第一时间把这个消息告诉了张建树。

杜力营子村村民的生活都发生着改变，一个个产业项目在村里扎下根来。2019 年 6 月 12 日，在县委组织部和扶贫办联合组织的驻村第一书记培训会上，张建树偶然听到有发展壮大村集体经济项目的消息，就主动与阜蒙县农业农村局对接，争取到了 93 万元中央财政专项扶持资金，用于村里的标准化养殖项目，发展养牛产业。项目建成后，租赁给第三方经营，每年可为村集体增加收入 6 万元。

2018 年，杜力营子村实现整村脱贫摘帽；2019 年，村支部又摘掉了“软弱涣散村党组织”的帽子。

8 月，瓜果飘香，杜力营子村处处洋溢着丰收的喜悦。夕阳西下，落日的余晖映照在标准化养牛小区的牛棚顶上，闪着金色的光。

张建树将一颗致富的种子撒在杜力营子村，为村民酿造出了甜蜜的生活。为此，吴显廷写了一首诗：“不论屋顶与地面，无限风光尽被占。真助实帮情意浓，幸福生活比蜜甜。”

75 公分的扶贫脚步

王佳琦

科右前旗大石寨镇东方红村全村街景　　尤健 / 摄

“到周立军家 2417 步。”

“到于双柱家 2880 步。”

“到黄昌义家 3520 步。”

对于从部队转业、现担任内蒙古自治区科右前旗大石寨镇东方红村扶贫工作队队长、驻村第一书记的王文刚来说，由村部宿舍到每一个贫困户家的步数他都烂熟于心，像部队列队报号一样张口就来。

王文刚是蒙东兴安科右前旗供电公司派驻入村扶贫的第一书记，2016 年 11 月到俄体镇双花村，2018 年 5 月到大石寨镇东方红村，两次驻村，一样深情。驻村 4 年多，两个村中的每一个贫困户家他都去过不下 20 次，去每家的路上都留下了他当兵时训练出的标准的每步 75 公分的坚实步伐。

变“废”为宝种赤芍

姚爱国骑着新买的电动三轮车回到家，把车停到院子里，忍不住拨通了帮助自己摘掉“贫困帽”的第一书记王文刚的电话。

“王书记，我是老姚啊！我刚用卖赤芍收益的钱买了一辆电动三轮车，心里特高兴，就想要打个电话谢谢你！家里的苞米都好了，你啥时候‘回家’来看看我啊！”家住科右前旗俄体镇双花村的姚爱国，对着电话笑得合不拢嘴，连珠炮似的说着心里话。

话头还要从 2017 年说起。那年的 9 月，科右前旗政府面对全旗贫困村推出发展庭院经济的优惠政策，鼓励贫困户院子栽种中草药，免费为其发放赤芍地苗，请技术专家统一进行种植培训，后期由政府进行收购。

好产业，能致富；好政策，能保底，村民们常年守着自家庭院巴掌大的一块地，这下子可以“变闲为宝”了；没想到，竟然是一波三折，没逃脱“好事多磨”这一“魔咒”。

当时在俄体镇双花村担任扶贫第一书记的王文刚，当然是闻鸡起舞，但经验告诉他，上一个新产业，不能盲目投产，这事关各家各户，巴掌大的地也是天大的事。他马上召集村干部坐在一起共同商议，决定和村长王明胜一同到扎兰屯市赤芍种植试点农户先“取取经”。

“叮、叮、叮……”各家各户的微信中传来“取经”的信息。

“大家看，这是扎兰屯市赤芍种植试点农户家，这赤芍就是种在咱们自家的庭院中，然后 2 年后就能够售卖，利润空间特别大。”村民们看着手机里王文刚拍的小视频，有的开始“活心”，有的则脸上写满了质疑。

家住双花村东头的姚爱国看了两眼便关掉了视频，连说道：“老老实实种点菜，够咱自己家吃就行，可不种这‘破玩意儿’。”

“你们往微信群里发的赤芍种植的小视频和资料挺有效果，现在已经有 12 户贫困户领了赤芍地苗开始播种了！”3 天后，王文刚二人收获满满地回到村里，村支书马上过来为他通报好消息。

“还有 44 户没有领吗?”王文刚疑惑不解。

“村民们不敢上新产业，并非没有缘由。大家都不了解，没见过，虽然没什么成本，但是万一收成不好，自己家菜园子可就白白荒废了两年。两年的菜钱对农户来说，是一大笔支出啊。”

当年种植，当年见效的种植习惯，与种植经济作物、放眼长远利益，两种观念在碰撞，在交锋——

赤芍种植周期为 2 年，每亩能够收获 800 公斤成品，按照市场价格波动每公斤收益 28 元左右，除去成本纯利润收益在 10000 元左右。效益这么好，村民们仍然不愿种、不敢种。

难题要解，“硬骨头”要啃，王文刚和村干部组织三个晚上的动员会，仍有 21 户贫困户还是顾虑重重——

“第一年播种，第二年结种子，第三年才能卖，万一收成不好，我这两年的成本怎么办?”在动员大会上，姚爱国不等王文刚说完便开始带头“冒泡”，话锋犀利。

“对啊，要是和政府合作的收购商跑路了怎么办?”有人应和，有人沉思。

说一千道一万，不如现身说法来得快。王文刚带领 21 户贫困户，来到已经开始种植赤芍的俄体镇义新村。眼见为实，听着义新村种植户的认真介绍，不少村民开始心动。

趁热打铁，马不停蹄的王文刚，到 36 公里外的乌兰浩特市，联系 6 家中草药收购商，与这 21 户贫困户签订了收购协议，承诺：如若政府无法进行回收，由这 6 家商户代理收购。

吃下“定心丸”，没有“后顾忧”，王文刚用奔波的脚步，丈量着由贫困迈向富强的里程，拉近了党和政府与贫困户心与心的距离。赤芍扎根双花村，“一波三折”后的结果如何?请听一听村民们的心声吧——

“两年的时间，我用自家菜园子种赤芍收益了 9000 元，我家的菜园子真像当年王书记说的变‘废’为宝，让我向脱贫摘帽迈进一大步!”

“以前，我们村发展方向不明，不知道往哪里走。王文刚来的这两年，村容村貌发生了大变化，确定发展沙果种植产业和庭院经济种植赤芍两大产业，带着群众发展经济，领着贫困户往前奔，当兵出身的就是不一般。”

“当兵出身的就是不一般”，对王文刚的评价，恰如其分。扶贫攻坚战于他来说，就是一场“打仗”，以一个革命军人的姿态披坚执锐，勇往直前；他那“75公分每步”的脚印不断地向着下一个目标稳健迈进。

“转战”大石寨镇东方红村

在科右前旗地方史志上，大石寨镇和东方红村，都曾赫赫有名；除地名有特点外，悠久的历史、光荣的过往，常为人们津津乐道。2018年5月，当兵出身的王文刚迈开他的“铁脚板”，向东方红村走去。驻村第一书记的职位，正等着他开启新的一天。

“喔呜喔……”

东方红村的雄鸡报晓声，在大兴安岭的山谷间回荡。听见鸡叫就像听到部队的起床号一样，王文刚一骨碌从床上爬起来，穿上当兵时经常穿的绿色迷彩服，立马显出“咱当兵的人”的精气神。一米八多大个儿的王文刚，在部队里他是每天第一个出操报号的排头兵，在扶贫工作队中他是每天第一个起床工作的带头人。他知道这次从双花村“转战”东方红村，道阻且长，有“硬仗”等待着他率领乡亲们去“打”。

按照“作战计划”，王文刚先挨门挨户走访，谁家贫困往谁家去，为的是摸清底数，军队术语叫“知己知彼，百战不殆”。听说贫困户窦玉林家住在村西头，距离村部远，他就用心、用他那“75公分每步”的步幅走着量一量，从村部到窦玉林家门口，不多不少，正好是1200步。

今年76周岁的窦玉林，有一儿一女，都在外打工，他常年一人在村里生活，属于典型的“空巢老人”。毕竟70多岁的老人了，窦玉林身体虽然健康，身子骨却远不如以前硬朗，农活干起来异常吃力，家里的地都转租出去了，每年靠微薄的租金和政府低保补助、粮补等维持基本生活。

看在眼里，记在本上，刻在心中，王文刚把窦玉林的名字写进重点扶贫档案，时时刻刻关注着。

科右前旗供电公司员工捐款为大石寨东方红村 48 户建档立卡户送鸡雏　尤健 / 摄

机会来了，2018 年 7 月 4 日，驻村帮扶单位蒙东兴安科右前旗供电公司，鼓励引导建档立卡户发展庭院经济，先后为每个贫困户购买发放 50 只鸡雏。窦玉林看着领回来的 50 只鸡雏，心里犯了难："鸡雏是好鸡雏，可用什么喂呀？如果用饲料喂，成本太高了，喂不起呀！"

带着 50 只欢蹦乱跳的鸡雏，愁眉不展的窦玉林，见到王文刚一脸愧疚地说："你的好意我领了，王书记，这鸡我养不起，饿死了多白瞎，还是还给你吧。"

王文刚看着这两大纸壳箱里活蹦乱跳的鸡雏，再看看窦玉林满脸的愁云，不禁笑了起来："窦叔，这鸡好养。你的难处我都想到了，我有办法让你'零成本'养鸡！"

王文刚帮着窦玉林把鸡雏送回家，紧接着就领他往山上走去，边走边向他"面授机宜"："窦叔，鸡白天你就把它放到山上养，让它吃点'纯天然'的，等到晚上你就给它喂这种野菜，里面掺点玉米面就行。等到上秋了，您到地里捡点没收净的玉米棒子，破一破喂鸡吃，就解决了饲料的问题。"

两人边走边唠，窦玉林听着听着，笑模样跟着浮上脸膛，一脸愁云迎风散去。“王书记，你想着我家的事儿比我还心细，这样养鸡有‘道行’，我听你的。”行走中出“锦囊妙计”，心系群众的人，总有让人信服的一天。

到元旦前夕，窦玉林仅仅喂了5个多月的小鸡，被他养到每只7斤左右，通过驻村工作队帮助销售，一次就销售27只，每只卖到100元，一次性收入2700元。到2020年夏天，窦玉林还销售鸡蛋2400余枚，收入2880元。

“好听不好听，我叫第一声”，雄鸡报晓，村民发家，全村48户建档立卡户饲养了2400只鸡，全村共饲养了5326只鸡，其中公鸡有2129只，增收146000元。

凯歌和捷报并没有延滞王文刚和扶贫工作队的脚步，朝着帮扶东方红村乡亲们向养牛致富的路进军。一路走来，雨雪风霜；万千牛事，终显华章。难怪“当兵出身”的王文刚悟出怪道理：“真是当兵离不开枪，脱贫少不了牛啊！”

俗话说：乳牛生乳牛，三年五个头。贫困户周立军家养的牛就朝这个目标迈进了。看着这么“争气”的大乳牛，周立军恨不得天天上去亲它几口！

2018年前，家无半分积蓄的周立军凭借政府扶持分到2头基础母牛，从此便走上养牛脱贫之路。

刚开始分牛领到家时，周立军两口子心里一点底都没有，总是担心万一牛出点啥意外，或者自己没经验养不好不就赔大发了！

就在这时，王文刚带着东方红村出名的“养牛专业户”于双柱和防疫员来到了周立军家。“以后有什么养牛的问题都尽管请教他们，我帮你们一起养好‘脱贫牛’。”王文刚说。

从村部到周立军家要走2417步，那段日子，他几乎每天都要去一趟。喂牛、为牛看病打针、给牛受孕，王文刚从头跟到尾。

2019年8月，周立军家第一批人工受孕的母牛经过283天孕期终于到了要生产下犊的时候，在母牛临产的前一周，王文刚就联系好了当地兽医帮助接生。

“这只母牛当时是进行的人工受孕，它现在怀着的是对‘双胞胎’，这次生产难度很大。”站在母牛旁边的王文刚拿着绳子，满脸担忧地看

着兽医将即将生产的母牛拴在柱子上。

经过 10 分钟的努力，小牛犊成功地生出来了。第一个牛犊生下来后不到半个小时，又生下了另外一头，两头小牛一个 47 斤，一个 56 斤，腰宽肉厚，健健康康！

如今周立军家的牛群已发展到 5 头，其中乳牛 4 头，养牛年收入 2 万元。今年又有两头母牛到秋天就要下犊了。

东方红村 8 家贫困户都养起了脱贫牛，全村养牛头数已达到 350 头，年出栏商品牛 80 头，牛产业创收 100 万元。

攻克“黑屋”

东方红村原址坐落于归流河畔，遭遇 1998 年大洪水后整体搬迁至新址。当时由于贫困，村里有 12 户人家一直住在当年政府援建的“毛坯房”里，入住至今没有棚面、墙面和地面，当地人戏称之为“黑屋”。

脱贫不能留死角，彻底消除“黑屋”，让全村贫困户在 2020 年年底前实现从里到外的脱贫！王文刚和他的扶贫工作队，勇敢地担当起这场攻坚战的主攻任务。

主攻目标选在哪里？经王文刚的脚步丈量，选在贫困户齐幸杰家——他家距村部 1159 步，有院没门，房破屋旧，靠着 4 条大狗看门护院儿。

第一次进齐幸杰家，王文刚是“钻”进去的。没有大门的院子，用一张大铁丝网拦着当大门，出来进去都要将铁丝网从下面掀起，然后猫腰才能进去。

走进院子，满地的鸡屎和羊粪让人无从下脚。来到屋内，里面还是土地面，家中的火炕已经用了 20 多年，里面炕洞早已堵塞，一烧炕就冒烟，墙面熏得黑漆漆一片；靠着一盏不太亮的灯泡照亮。

“脏、乱、差，不适合居住！一定要改变它！”王文刚看到眼前的情形，心中下定了决心。

回到村部，王文刚向村两委了解齐幸杰家的情况，每个人都直摇头：“扶不起来的阿斗，越扶越穷，越扶还脾气越大。”

王文刚这才弄清楚：他家四口人，一个“五保”，两个“低保”，收入按村里水平应该不算低，可是发给他的钱也不知用到哪里去了，日子过得竟如此狼狈！村里拿他家都没办法，工作也做了，该帮的也帮了，可就是不见效果。

听罢，王文刚再一次来到齐幸杰家："老齐，你这居住环境一定要改善，你女儿已经 10 多岁了，这样的生活环境不利于孩子成长，也不利于你们的身体健康……"

"好，王书记，我知道了，我马上就改造。"

……

"老齐，算这次我都来了 26 次了，你每次都答应，可就是不动。不行！今天我帮你一起收拾，必须立即整改！"

"今天可不行啊，我得去上山放羊，王书记你快去忙吧，我也得走了。"说完，齐幸杰就开始推搡着王文刚往出走。

王文刚与他交流了二十几次，该讲的政策都说了，换来的还是"原地踏步"，丝毫没有效果。

王文刚明白，齐幸杰就是怕"脱贫脱了政策"，他真正要扶的是思想，是观念。

正面"强攻"受阻，就选择"迂回包抄"。王文刚一边同村两委联合给齐幸杰做工作，另一边在村里找到和齐幸杰个人感情较好的村民，通过村民向齐幸杰做工作，寻找突破口。

通过几天的观察，王文刚发现齐幸杰每天都到海滨商店买东西，这个商店离齐幸杰家并不算近，为什么他每天都专门绕路去呢？了解后才知道，海滨商店是齐幸杰采购食物的一个定点商店。

"老齐家庭条件困难，之前买东西好几次都给不上钱，后来我就索性给他记账，然后等他有钱了一次性还，这样一来二去的，他买东西就只上我们家了。"老板娘王淑娟说道："他家老婆患有精神病，女儿还小，我看着孩子可怜，有些事情就多帮衬点。"

"那你能再帮我，也是帮他家一个忙吗？"王文刚把齐幸杰家的居住环境和这么多次交流的困难向王淑娟详细说了一遍，想请王淑娟出面帮忙。

"好！"当天晚上，王淑娟准备了几个小菜，叫来了王文刚和齐幸杰，三个人围坐一桌，王淑娟和王文刚从政府政策到孩子成长，再到

身体健康，入情入理地做齐幸杰的思想工作；齐幸杰也从最初的满口答应，到放下筷子沉默，最终抬起头来说："我之前太自私了，就算是为了孩子，我也得改造！"

王文刚去贫困户家的路上　　尤健／摄

听了这话，王文刚终于松了一口气。随后的日子里，在帮扶责任人出资支援下，大门安装上了，屋里墙刷了，棚也吊上了，齐幸杰还自己出钱把屋外地面打成水泥的，人居环境大为改善了，邻居们都说："像个过日子的人家。"

"堡垒"攻克，"黑屋"尽除，"主攻"告捷，东方红村名副其实地红火火、亮堂堂。

不积跬步，无以至千里。王文刚的"跬步"是标准的"75 公分每步"，是当兵出身的人锻炼出来的；这位蒙东兴安科右前旗供电公司运维检修部高级技工，自被委任到扶贫一线担任驻村第一书记，四年弹指一挥间，每天走访贫困户，至少要走上 12000 步，仅在东方红村的两年，他就走了 876 万步，如果换算成里程可达 6570 公里——"跬步"相积，该有几个"千里"？！

走了多远，都忘不了来时的路；砥砺奋进，绝不堕青云之志。初心易得，始终难守。王文刚深知"千里之行，始于足下"，一如既往地用"75 公分每步"的脚印，拓展着扶贫攻坚决战决胜的路……

扎根扶贫的“老黄牛”

吴长宏

张雷威驻村帮扶　　国网陕西电力供图

“老张啊，这牛场建起来了，群众是打心眼里高兴啊。可我看呢，最重要的是拴住了一头牛。”

“一头牛？”

“对呀，就是拴住了你这头老黄牛，哈哈哈。”

“也对，这一拴就是 19 年，把贫困户的穷根给犁翻了，哈哈哈。”

这段对话，发生在 2019 年。当时，已经退休的“老张”——张雷威，本该在家享天伦之乐，却仍坚守义务扶贫一线，被称为无怨无悔的扶贫“老黄牛”。

从 2000 年开始，他先后在陕西省榆林市 6 个县区 19 个乡镇 56 个贫困村驻村帮扶，累计帮助 1.2 万多名群众脱贫。特别是十八大后，老张更是鼓足了干劲，要带领贫困户脱贫致富。

家人 亲人

“扶贫工作能不能认真负责，能不能把贫困村民当做亲人，把脱贫当做自己的事，是对扶贫干部的政治考验。”张雷威扶贫的第一站，让他深深地体会扶贫和群众的紧密关系。

2002年，张雷威到神木县芹菜沟村驻村扶贫，最初是早上进村，晚上返城。3天过去，张雷威只认得几个村干部，村民的眼神满是不信任。

张雷威决定把家安在村头废弃的小学校。村支书解兰兰、村主任解礼兴极力反对：这么个环境怎么能住人？再说也没有必要。张雷威说：“我可不能‘水上漂’，得沉下去、扎下根，把村里当家，群众就是亲人。”他除杂草，刷房子，安玻璃，盘土炕……两天后，炊烟升起。之后，他白天到地头和村民拉家常；晚上灯开亮，引来三三两两的村民谈天说地。

一周后，村民大会召开，张雷威对“咱村”的村情一清二楚，谁家几口人几亩地几头牲口，谁家娃在上学或在哪里打工，他张嘴就说得上来。村民刮目相看：这个老张不简单哩！

紧接着，张雷威采取了第一个行动，把在外打工的劳力也是各家的主心骨叫回来栽树。可当200棵枣树苗从外地拉回，遮天蔽日的沙尘暴来了。

这还栽不栽呢？村民们缩在村委会议论纷纷。首次行动失信，以后怎么叫人呢。“不就是一点风沙嘛，栽！”张雷威留下一个村民做饭，带头扛起一捆树苗走进风沙。晚上，他留下大家，便饭、袋装食品、几杯薄酒下肚，话匣子全打开了。

“要和村民交朋友、拉家常。逢到饭点不要客气，村民吃啥你端碗就吃；上炕盘腿，没有凳子就蹲着；渴了，拿起水缸里的大瓢舀起就喝。你不嫌弃，他就觉得你看得起他，才跟你说心里话。情况摸得越深越准，越便于工作。”张雷威把村民当成自家人，乡亲们也把他当自家人。他着手扶贫，组织村民修整进村道路，联系供电公司党员服务队改造老旧农电线路，引进新品种牛羊，带领村民搞适度养殖。三年后，仅靠适度养殖一项，户均增收1.5万元。

那时候还在念小学的女儿埋怨他说："我上几年级爸爸不知道，他扶贫的村里有多少头牛羊倒清楚。"

2007 年夏天，薛下村、寺沟村、岔上村水利工程同时开工。一天傍晚，张雷威去工地查看。山高坡陡，他一不小心摔倒在地，险些滚下悬崖，左脚疼得钻心。去医院检查后确定脚部三处骨折，医生为他打上石膏。但张雷威心里着急，在家只休息了 27 天，就拄上双拐，坐车行驶了 100 多里山路回到村里工地上。爱人气得直掉眼泪，打电话说："老张你不要命了吗，落下病根子我可不伺候你！"挂了电话，爱人好长时间都不理他。张雷威的努力没白费，三项水利工程当年年底全部投入使用，解决了 5000 多人的安全饮水问题。

懂农　懂民

"懂农，懂民，才能做好扶贫工作。"这是扶贫老黄牛 20 年的深刻体会。

"老张跟我们说，玉米从根部向上数，到第三片叶子发黄的时候就可以收割了。这个时候玉米粒成熟了，玉米秸秆的水分也多，是玉米的最佳青贮期。"刚刚脱贫的米脂县沙家店镇李站村村民冯有飞佩服地说，自己当了一辈子农民，还没有张雷威专业。

行家伸伸手，就知有没有。20 年的扶贫路，让张雷威这个国家电网干部成了懂农经的扶贫专家。村民喜欢和懂农经的行家打交道。

玉米秆是养牛的好饲料。但村民传统做法是掰走玉米棒子，把玉米秆在野外焚烧。为了转变村民观念，张雷威给大家算了算经济账。

村民秋天收玉米，一般都等到熟了后，砍了秸秆，把棒子弄回去晾干，脱粒，卖玉米。玉米啥价格？好的时候九角多，过两天就降到八角多，搞不好连化肥钱、种子钱都贴进去。正常的玉米种植，在玉米叶子从上往下死三片叶子的时候，玉米颗粒粮食已经淀化，达到一定硬度，水分也比较多，营养价值最高。此时，把玉米和玉米秆当饲料卖，一斤两角钱。一棵玉米连棒子接近十斤，就能卖两元多钱。要是一棵结两个棒子，可能一棵玉米就能卖四五元钱了，收割花费的劳动力还能省 200 元呢。村民们一算，还真是这个理，把玉米秆卖给牛场，增加了收入，

行走在扶贫的路上　　国网陕西电力供图

也解决了野外焚烧的环境问题。

2002年，神木县芹菜沟村村民习惯喂养骡子。张雷威在经过一番调查研究后，向村民提出不养骡子改养牛。“为什么，凭什么？”村民提出问题。张雷威掰着指头给大家算：骡子力气大，拉车耕地跑得快，但是一头强壮骡子五六年就得淘汰，卖肉也就一两千元。如果换成饲养秦川母牛，虽然拉车耕地慢一点，也慢不了多少。关键是一头母牛一年生一头小牛犊，一头4~5个月的小母牛卖个四五千元，小公牛饲养成肉牛可卖1万多元。年年如此，能够可持续发展。账算得清、理摆得明，谁能听不懂呢？村民们把养骡子改成了养牛，效益很好。

张雷威给农民出主意，绝不乱出主意。吴堡县有个深砭墕村，7个养羊户喂的都是本地长角羊，一只羊只能产3两羊绒。俗话说：母羊好，好一窝；公羊好，好一坡。他帮忙引进了4只优质白绒种羊，羊绒产量翻了三番还要多。村民霍爱连每年仅靠养羊收入12万元左右，养大了4个孩子，箍起了7孔新窑洞。

牛羊养殖又产生了大量农家有机肥，土地减少了对化肥的依赖，农民减少了购买化肥支出。村民用农家有机肥种植山地有机苹果和核桃，致富方式愈加多样。

富民　铸梦

“把总书记的指示落到富民的实干中去，落到伟大中国梦的实践中去。”张雷威这样想，更这样做。

2013 年 11 月 3 日，习近平总书记在湖南湘西考察时，提出扶贫要实事求是，因地制宜；要精准扶贫，切忌喊口号。

2014 年开始，张雷威走村进户加大调研力度，落实总书记指示。在全面摸底的基础上，他将贫困人口按照年龄和劳动能力分类，分类施策，实现了年初实施、年底见效、次年脱贫、三年致富。2015 年 11 月，《中共中央　国务院关于打赢脱贫攻坚战的决定》颁布实施。张雷威的信心更足了。他紧跟国家的扶贫政策，在扶贫路上从最开始的“一村一品、一户一策”、适度养殖，发展到产业扶贫、成立合作社、打造富硒生态村，夯实精准扶贫的根基。

2018 年，张雷威带领村民成立米脂县和富顺养殖专业合作社，以“贫困户 + 非贫困户 + 村集体经济”入股的方式带动贫困户脱贫。合作社整合村民土地 6.2 亩，社员 67 户，其中贫困户 42 户，占 63%。贫困户 100% 参加合作社。入股分红的模式针对性地解决了贫困户无劳动力、发展动力不足、缺资金的问题。

合作社各项工作很快步入了正轨，目前已经采购关中秦川牛等四个品种 102 头，远期计划养殖 120 头以上肉牛，达到中型养殖场规模。合作社的成功运行，带动周边其他村也办起了养牛合作社。“合作社增多，可能会出现牛肉降价或滞销的问题。”张雷威开始了新的思考。

为应对可能出现的牛价格周期波动，张雷威提出打造富硒农业产业村的想法，专门走访晋陕蒙富硒产品旗舰店，考察山西晋中、陕南安康紫阳等富硒地区，不断向中科大富硒农业方面的专家学习。这种富硒农业模式，从富硒种植入手，形成富硒谷类、富硒饲草、富硒山地苹果等富硒产品，通过养殖，形成富硒牛肉和羊肉，增加农产品附加值，实现农民增收、企业增效、人民增寿的长久产业链。

为了进一步了解富硒农产品，张雷威选择距离比较近的山西晋中考察，注意到能给村民减轻劳动强度的青贮机。由于黄土高原千沟万壑的地貌，当地农业生产机械化程度一直很低，玉米收割青贮机适合坝地和

坡台地的单行玉米收割，日收割 20 亩玉米。这对严重缺乏劳动力的李站村来说，可谓大好消息。富硒茶叶、苹果、果醋、黑小米……一系列成熟的富硒产品让张雷威大开眼界。如何因地制宜在米脂也发展富硒农业？张雷威有了自己的思考，种植富硒玉米，让牛肉含硒，增加产品附加值。企业增效、农民增收、村民增寿成了他的新梦想。

扶贫　扶智

“扶志又扶智，鼓励勤劳致富很重要，不光挖经济的穷根，更要挖思想的穷根。”张雷威想尽办法，增强贫困户自身的脱贫动力，努力实现脱贫工作最长久的动力和结果。

从一开始参与扶贫，张雷威就注重扶志。最初，大部分村民存在等靠要的思想，甚至认为扶贫就是给钱给物，对致富项目不积极、不热心，只想要钱。为解决村民“自身造血”问题，张雷威的办法是树典型，让其他人看到希望，树起志向，激起致富愿望。

史家堬村村民冯学胜 48 岁，光棍一人。看到其他村民养牛增加了收入，他也想养牛，又下不了决心。张雷威和村支书冯生成就唱了一出双簧。冯生成领着冯学胜来找张雷威，讲冯学胜想养牛。张雷威说：“学胜啊，你连自己都养不好，你能养好牛？”冯学胜涨红着脸说：“老张，你不要小看我，我冯学胜这一次一定要喂好牛，在全村人面前争一回气！”“怕就怕你没决心，三天打鱼两天晒网，你把牛养死了怎么办？”冯学胜着急地说：“老张你放心，我先买我自己的牛，你再给我牛怎么样？”张雷威笑着答应了，还资助他买了柴油三轮车、微耕机、碎草机。冯学胜把他哥外出留下的土地也全都耕种了。对于这样大的进步，张雷威在村民大会鼓励表扬，更是逢人就表扬。冯学胜勤劳致富的劲头更足了，重新过上好日子。

扶贫这些年，张雷威清楚，不仅要扶心扶志更要扶智。他自费购买了《枣树修剪栽培》《优良秦川牛培育》等大量书籍，吸收书本知识并用在实践中。“现在每个村都有国家扶持的图书室，涉农书籍很丰富，也有远程教育电视。这些都是很好的资源，但毕竟贫困村民识字和理解能力有限，扶贫干部们充分发挥智库作用，在扶贫道路上大有用武之地。”张雷威说。

2017年，张雷威牵头成立陕西省第一个“金点子”劳模扶贫帮困服务队。一批热心公益事业、热爱精准扶贫的劳动模范、第一书记、农牧业专家自发义务为脱贫攻坚出主意、想办法。“金点子”服务队组建以来，足迹遍布榆林地区13个村，指导脱贫攻坚，建设光伏发电站、肉牛养殖场、白绒山羊养殖场、小米杂粮加工厂、粉条加工厂、养鸡专业村、香菇大棚、千亩山地有机苹果园等，深受驻村工作队和贫困村民的欢迎。“金点子”服务队已累计发动9029名职工参与购买120余万元的农特产品，从作物收购、工厂务工、集体分红等多方面带动三个村共148户340名贫困人口增收。

精准　好光景

张雷威提出的“一村一品、一户一策，精准扶贫催生好光景”扶贫理念，在扶贫一线发挥了重要作用。

在米脂，张雷威逐村逐户上门调研走访，召开村民大会，制定精准脱贫规划和年度实施目标。他坚持手把手搞好“传帮带”，领着压茬轮换的新队员一起进村，学习三农知识，融入农村生活。

沙家店镇高家圪崂是养鸡专业村，活鸡鸡蛋交易，白天天热不好操作，容易死鸡；晚上交易，光线不好，容易出现数量和质量矛盾。张雷威看在眼中，急在心里，带领群众建起40盏6米高的太阳能路灯，成为榆林市第一个光伏点亮工程。这不仅实现了养鸡增收，而且发展了美丽乡村旅游项目。

在桥河岔乡七里庙村，张雷威自费带领5名村民去山西省文水县、广灵县和内蒙古呼和浩特市考察香菇种植，新建起两个香菇大棚，既增加了村民收入渠道，又丰富了米脂人菜篮子。近几年来，张雷威光自费考察，就花去几万元。

2014年在米脂县李站村扶贫时，张雷威调研后提出脱贫新方法：“根据不同年龄段，分类开展适度养殖、‘长+短’精准扶贫。”

第一类，50岁至60岁，身体健康，会农村传统的种植业、养殖业，采用舍饲养羊、适度养殖。第二类60岁至70岁，有一定劳动能力，但不能胜任强重体力劳动，由村民自购一头秦川母牛，扶贫资金再购买一头母牛。第三类病残劳动能力不足的，选出群众威信高、富有担当的精明人，能人带动，共同致富。张雷威根据分类，给贫困户提供种羊和种牛，修建标准化的圈棚，配套铡草机，实现了村民当年投资、次年脱贫、三年致富。

“长＋短”，短线养牛养羊，见效快；长线建立脱贫致富“产业链”，用牛粪和羊粪改良土壤，种植山地有机苹果。养殖业的短，结合种植业的长，互补发展。李站村由 12 头牛发展到 56 头牛，26 只羊发展到近 300 只羊，帮扶办起村畜牧兽医治疗室，牲畜看病防疫不出村。

2017 年 9 月 8 日，张雷威带领群众成立米脂县和富顺养殖专业合作社，两个村集体加入，成为真正意义上的乡村振兴战略村级经济实体。经过 2018 年的不断努力，目前该合作社投入建设资金 60 多万元，整合村民土地 6.2 亩，社员 67 户，其中贫困户 42 户，占总成员的 63%；非贫困户 25 户，占总成员 37%；70 岁以上的老年人 14 户，占比 20.9%；残疾人 14 户，占比 20.9%。现已采购关中秦川牛等四个品种 86 头，远期计划养殖 120 头以上肉牛，达到中型养殖场规模。2019 年 3 月，该合作社为 42 户贫困户颁发股权证，贫困户成为股东，10 月进行了第一次分红。

扎根　一直干

2017 年 4 月 6 日上午，米脂县政府突然来了几名村民，他们代表全村来“请愿”——留下扶贫干部张雷威。

代表们是李站村的村民，手持的是 70 多户村民的联名信。信上，是鲜红的红手印；眼神里，是脱贫致富的渴望。

请愿的对象张雷威，按照当地政府对驻村干部的任职标准，已不符合相关要求——退休两年，拟退出扶贫工作。李站村村民听到这一消息后十分不安，特别是入股合作社的 40 户贫困户，更是心里没底。

在村民的心里，张雷威早已经是“自家人”了，大大小小的事，大家都愿意找他拉话话，寻主意，况且，有他带领群众成立的养牛合作社已建成，引进了 88 头牛犊，缺了他这个“牛大大”，牛场还能开吗？

还能脱贫致富吗？

带着满腹疑虑和渴望，70 多户村民自发在联名请愿书上摁下了红手印，找到了县政府。

米脂县政府高度重视，县领导亲自接待和答复各位村民意见建议，征求张雷威意见。老张没有一丝犹豫："只要乡亲们需要，我会一直干下去。"

20 年里，扶贫的"老张"初心未改，本色依旧。

20 年的扶贫，老张成了贫困户的亲人。

回首 20 年扶贫路，张雷威曾写过一首诗："无功少过安然退，品茶弄孙享天伦。精准扶贫事未尽，扶贫帮困勤咨询。"他曾愧疚地说："挺对不起家人。"2015 年 6 月退休后，他第一件事就是买了一部 7 座旅行车，"我一直都有一个心愿，退休了，带上全家人，好好玩玩，看看祖国的大好河山。"可他现在仍然坚守在米脂县李站村扶贫。"我想着再干一年，等到 2020 年，全国实现全面脱贫。我就可以兑现承诺，带着全家人安心去旅游了！"